LA TOURNÉE D'AUTOMNE

DU MÊME AUTEUR

Mon Cheval pour un royaume, roman, Leméac

Jimmy, roman, Leméac

Le Cœur de la baleine bleue, roman, Leméac

Faites de beaux rêves, roman, Bibliothèque québécoise

Les Grandes Marées, roman, Leméac

Volkswagen blues, roman, Québec/Amérique

Le Vieux Chagrin, roman, Leméac/Actes Sud

JACQUES POULIN

LA TOURNÉE D'AUTOMNE

roman

LEMÉAC

Illustration de la couverture : Québec, la terrasse Dufferin.
Photographe : Luc-Antoine Couturier
Mise en pages : Mégatexte

ISBN 2-7609-3155-2

© Copyright Ottawa 1993 par Leméac Éditeur Inc.
1124, rue Marie-Anne Est, Montréal (Qc) H2J 2B7
Dépôt légal — Bibliothèque nationale du Québec, 3e trimestre 1993

Imprimé au Canada

Dieu soit remercié pour les livres. Tous les livres.

E. Hemingway

1

LA FANFARE

Il ouvrit la fenêtre pour mieux entendre la musique. C'était une petite musique de fanfare avec des cuivres et des tambours. Il se pencha au dehors, mais elle venait de l'autre bout de la terrasse Dufferin. Comme le temps était beau, il décida d'aller voir. Il descendit les cinq étages.

De loin, il vit un attroupement devant le Château Frontenac. Il s'approcha et se mêla aux gens. La fanfare comprenait une poignée de musiciens, mais aussi des jongleurs, des clowns, une chanteuse et un chien noir.

La chanteuse terminait une chanson. Il ne put s'empêcher de sourire : c'était *La java bleue*. Les spectateurs reprenaient le refrain. Il y eut des applaudissements et la chanteuse, qui portait une longue robe verte avec des paillettes dorées, s'inclina comiquement. Puis les musiciens rangèrent leurs instruments et allèrent s'appuyer au garde-fou de la terrasse. Il se mit à côté d'eux pour entendre ce qu'ils disaient.

Ils étaient venus de France à l'invitation du Festival d'été. C'était leur première visite à Québec. Ils devaient être là depuis quelques jours, car ils avaient l'air de bien connaître la grande baie qui s'étendait devant eux, avec la rive sud, la côte de Beauport, l'île d'Orléans que le fleuve tenait dans ses bras, et les montagnes de Charlevoix très loin à l'horizon. Ils ne cachaient pas leur admiration devant l'immensité du paysage.

Du coin de l'œil, il nota que la personne accoudée au garde-fou, à sa droite, était une femme. Elle portait un tee-shirt blanc et des jeans d'un bleu ni trop pâle ni trop foncé, exactement comme il les aimait.

Elle se tourna vers lui.

— La vue est superbe! dit-elle avec chaleur.

Elle avait une voix un peu cassée.

— C'est vrai, dit-il.

— Je pensais que le Rhône était un gros fleuve, mais ici c'est beaucoup plus large.

— Vous habitez dans la vallée du Rhône?

— Tout près. À côté de la petite ville de Tournon. Vous connaissez?

Il fit signe que oui. La femme s'approcha. Elle avait les cheveux gris et frisés, et un visage osseux comme celui de Katharine Hepburn. Un beau visage. Un mélange de douceur et de force.

— Vous êtes avec la fanfare? demanda-t-il.

— Oui, dit-elle, mais je ne suis pas musicienne. Je m'occupe des engagements, des réservations et de tous les détails matériels. Je suis un peu...

— Un peu... la mère de tout le monde?

Elle lui adressa un sourire très doux.

— Aimez-vous les chats? demanda-t-il brusquement. Mais aussitôt, comme s'il regrettait sa question, il fit un signe de la main pour dire qu'elle ne devait pas en tenir compte. Il la regarda pour voir si son visage avait changé, mais non, elle continuait de sourire.

— Je m'appelle Marie, dit-elle.

Il toussa pour s'éclaircir la voix.

— Moi, les gens m'appellent le Chauffeur. J'ai un camion avec des livres... un bibliobus. Mon travail consiste à prêter des livres.

— Vous faites des tournées?

— Oui. Je visite les petits villages entre Québec et la Côte-Nord. C'est un grand territoire... Je fais une tournée au printemps, une durant l'été et une à l'automne.

Il eut du mal à prononcer le dernier mot et son visage s'assombrit. La femme le regarda plus attentivement. Il détourna la tête, se mit à contempler l'horizon brumeux. Ils restèrent silencieux, côte à côte; ils avaient la même taille, les mêmes cheveux gris.

Les gens de la fanfare s'éloignaient du garde-fou et rassemblaient leurs affaires.

— Il faut que je parte, dit Marie. Ce soir, il y a un autre spectacle. Vous viendrez?

— D'accord... Tout à l'heure, je suis arrivé trop tard : c'était la fin.

— Je sais. Je vous ai vu.

— Ah oui?

Elle ne répondit pas. Elle avait des yeux gris-bleu, un peu moqueurs.

— C'est à neuf heures, dit-elle. Tout près d'ici, sur la petite place qui s'appelle...

— La place d'Armes?

— Oui. Il y a des arbres, on peut installer le fil de l'équilibriste. Il s'appelle Slim. Le soir, c'est vraiment très beau.

Elle le quitta et rejoignit les autres.

L'horloge du bureau de poste indiquait cinq heures. Après quelques pas en direction de chez lui, il se retourna mais la fanfare avait déjà disparu. Il acheta une crème glacée au grand kiosque de la terrasse.

2

LE CAHIER NOIR

Pour passer le temps, au lieu de monter à l'appartement, il marcha jusqu'au bout de la rue Terrasse-Dufferin et entra dans l'étroite allée de terre où était garé le bibliobus.

C'était un petit camion Ford de deux tonnes. Il avait beaucoup roulé, il était vieux, mais on ne lui aurait pas donné son âge. De couleur gris ardoise, il avait fière allure avec ses formes arrondies, ses rideaux aux fenêtres et le mot *Bibliobus* peint en blanc sur le côté.

Il ouvrit une des portes arrière, abaissa le marchepied et monta à l'intérieur... Après toutes ces années, le charme opérait toujours : sitôt la porte refermée, on se trouvait dans un autre monde, un monde silencieux et réconfortant où régnaient la chaleur des livres, leur parfum secret et leurs couleurs multiples, parfois vives, parfois douces comme le miel.

Le Chauffeur était au service du ministère de la Culture, qui fournissait les livres. Mais le bibliobus lui appartenait en propre. C'était un ancien camion de laitier, qu'il avait transformé avec l'aide de son père. Celui-ci, parce que l'espace était restreint, avait eu l'idée de monter les étagères sur des rails, pour qu'on puisse les faire glisser l'une derrière l'autre. Les étagères étaient légèrement inclinées vers l'arrière et munies d'un système de verrouillage. Et, derrière elles, étaient installés un coin-cuisine ainsi qu'une table et un lit pliants: le bibliobus était équipé pour le camping.

Il poussa le rideau qui masquait l'entrée de la cabine.

À part le sable sur le plancher et les traces de pas laissées par les chats sur le pare-brise, tout était en ordre. Il ouvrit le coffre à gants, prit le cahier noir et revint dans la bibliothèque où il s'assit à terre dans un coin. Pour l'instant, il manquait plusieurs livres sur les rayons, mais ce n'était pas grave: les livres étaient au ministère, à l'atelier de reliure, et on lui avait donné l'assurance qu'ils seraient prêts pour la tournée d'été qui commençait dans une semaine.

Autre problème à résoudre: les nouvelles parutions. Le ministère lui en avait fait parvenir une vingtaine. Elles étaient en haut, à l'appartement; il en terminait la lecture. Où allait-il pouvoir les mettre?... Il répugnait à leur donner la place des vieux livres. Ceux-ci, même s'ils n'étaient empruntés qu'une fois par-ci par-là, étaient aussi importants à ses yeux que les livres récents. Et puis, il ne fallait pas oublier que, nouveaux ou anciens, les livres passaient de main en main, ce qui avait permis de créer des réseaux de lecteurs.

Pour le plaisir, il ouvrit le cahier noir et jeta un coup d'œil aux différents réseaux. Il existait maintenant un réseau dans chacun des secteurs où il s'arrêtait; le plus souvent, il s'étendait à plusieurs villages. Dans le cahier, chaque réseau était représenté par un diagramme, avec les noms des lecteurs entourés d'un cercle et reliés entre eux par des traits. Cela ressemblait quelque peu à un groupement d'atomes dans un manuel de chimie.

Le temps était chaud et humide. Il regarda l'heure et décida de faire une sieste. Ayant fait glisser l'étagère sur son rail, il déplia le lit et s'allongea sur le dos, la tête appuyée sur le cahier noir et les mains derrière la tête. Il avait des rides sur le front et autour de la bouche, des cernes autour des yeux et un demi-sourire sur les lèvres.

3

L'ÉQUILIBRISTE

Le Chauffeur se déshabillait en grimpant les escaliers. Au cinquième, torse nu, une chaussure à la main, il rencontra sa voisine de palier qui lui jeta un regard étonné. Hors d'haleine, il lui souhaita le bonsoir, entra chez lui, éparpilla son linge dans les trois pièces de l'appartement. La sieste avait duré trop longtemps, il était en retard. De plus, il avait faim.

Il fit chauffer de l'eau dans une casserole pour faire des pâtes. Ensuite il se mit sous la douche. Au bout d'un moment, il en sortit, les cheveux dégoulinant de mousse, et il jeta une poignée de spaghettis dans l'eau qui bouillait. Il nota l'heure puis se remit sous la douche. Après s'être rincé les cheveux, il sortit une nouvelle fois pour regarder si l'eau des pâtes n'était pas en train de déborder. Elle ne débordait pas mais, à tout hasard, il ajouta une noisette de beurre dans la casserole. Il retourna dans la douche pour se sécher.

Les pâtes furent prêtes avant qu'il n'ait eu le temps de s'habiller, alors il les mangea en caleçon, debout à côté de l'évier, tenant sa fourchette d'une main et un sèche-cheveux de l'autre. Puis il passa des vêtements propres et se brossa les dents. Sa montre indiquait neuf heures dix quand il dévala les étages pour se rendre à la place d'Armes.

Le spectacle était commencé.

Les gens de la fanfare, en chemise blanche rayée de bleu, étaient groupés devant la fontaine, et une foule assez nombreuse les entourait. Les yeux étaient tournés vers un homme et une femme qui faisaient exécuter des tours d'adresse au chien noir. Ne voyant pas Marie, le Chauffeur essaya de se frayer un chemin parmi les spectateurs, mais leurs rangs étaient trop serrés. Il décida de contourner la petite place. Quand il vit un endroit où la foule était moins dense, il se glissa au milieu des gens et, s'avançant en biais, il parvint tout près de la fanfare.

Tout à coup, il aperçut Marie. Elle se trouvait dans la première rangée des spectateurs, à quelques mètres de lui… Comme il était sur le côté, elle ne pouvait pas le voir. Avec son visage qui reflétait les émotions de la foule, elle était encore plus belle que dans l'après-midi.

Elle fit un signe de la tête et les jongleurs entrèrent en scène. Ils étaient quatre. Au rythme des tambours, ils se mirent à jongler les uns avec des boules, les autres avec des quilles, après quoi ils firent des échanges à deux puis à quatre. Ils n'étaient sans doute pas les meilleurs au monde, mais on voyait bien qu'ils s'amusaient comme des enfants; ils se moquaient d'eux-mêmes quand ils commettaient des erreurs. À certains moments, ils regardaient Marie et ils avaient l'air de jongler pour elle autant que pour le public.

Lorsqu'ils s'arrêtèrent, très applaudis, ce fut la chanteuse qui s'avança. Elle s'appelait Mélodie. Accompagnée par les musiciens, elle se mit à chanter une vieille chanson, *Mon Pote le gitan*. Le Chauffeur la connaissait très bien et il fredonna tout bas les paroles :

> Mon pote le gitan, c'est un gars curieux
> Une gueule toute noire, des carreaux tout bleus

Pendant qu'elle chantait d'une voix pure et chaude, Slim, l'équilibriste, avait installé son fil entre un arbre et un poteau de fer. Maintenant il était assis dans l'herbe, immobile et l'air absent. Il n'était pas habillé comme les autres : il portait une veste brodée et un foulard qui lui donnaient l'air d'un bohémien.

Sur un signe de Marie, il y eut un roulement de tambour et Slim se hissa sans effort sur son fil. Le silence se fit dans l'assistance. Le regard fixé sur l'horizon, l'équilibriste marcha jusqu'à l'autre bout du fil et, au retour, il s'arrêta à mi-chemin, fléchit un genou et jongla avec des couteaux.

À ce moment, les lampadaires de la terrasse et de la place d'Armes s'allumèrent, et tout devint irréel et merveilleux. Les jongleurs enflammèrent des torches qu'ils lancèrent à l'équilibriste debout sur son fil et Slim les fit tournoyer dans les airs, en cercles lumineux qui se détachaient sur le fond de plus en plus sombre de la voûte céleste. Des traînées de lumière éclairaient par instants le visage de Marie.

À la fin du spectacle, le Chauffeur prit place dans la file des gens qui attendaient leur tour de jeter une pièce de monnaie ou un billet dans le chapeau haut de forme que Marie avait posé à terre devant la fontaine. Quand son tour arriva, il mit un dollar dans le chapeau, mais elle ne le vit pas : elle était en grande conversation avec Slim. Il toussota pour attirer son attention mais elle n'entendit rien, alors il s'éloigna sans lui avoir parlé.

Il se dirigeait vers son appartement, marchant la tête basse sous les lampadaires enveloppés de brume qui bordaient la terrasse, lorsqu'une impulsion subite lui fit faire demi-tour. Il revint en courant à la place d'Armes. Marie était toujours là. Elle aidait Slim à ranger son matériel. En entendant des pas sur le trottoir, elle leva les yeux. Il s'approcha vivement et, la saisissant par les épaules, il lui récita cette petite phrase qu'il avait préparée dans sa tête : « Merci infiniment pour l'émotion, pour le rêve et pour l'amitié. » Puis il l'embrassa sur les deux joues.

Le cœur battant, il rentra chez lui sans se retourner. Tout de même, il avait eu le temps de voir le sourire de Marie, un sourire un peu intimidé. Il emporta cette image avec lui jusqu'à l'immeuble de la rue Terrasse-Dufferin, jusqu'au petit appartement du cinquième, et jusqu'au creux de son lit à une place.

4

UN ÉCRIVAIN SUR UNE CHAISE LONGUE

Très consciencieux, le Chauffeur lisait tous les livres que le ministère lui avait fait parvenir depuis la tournée du printemps. Parmi les acquisitions récentes, il y avait un roman de son ami Jack. Il l'avait lu avec beaucoup de plaisir, c'était un bon livre, et même, dans les derniers chapitres, il avait ralenti sa lecture pour retarder le moment où il allait être obligé de quitter les personnages.

Mais le livre qu'il lisait depuis le matin était un ouvrage très sérieux sur la communication dans le couple; il commençait à s'ennuyer ferme et les lettres se brouillaient devant ses yeux. Il décida d'aller voir son ami Jack pour se distraire un peu. Jack avait une façon spéciale de voir les livres.

Avant de se mettre au volant, il se pencha pour regarder si quelque chat ne s'était pas blotti sous le camion. Il n'y en avait pas, mais il n'oubliait jamais de vérifier, car le bibliobus semblait avoir gardé de ses origines une petite odeur de lait que les chats étaient les seuls à détecter.

En haut de l'avenue Sainte-Geneviève, il tourna à gauche sur la Grande-Allée. Plus loin, il prit le Chemin Saint-Louis qu'il suivit jusqu'à Cap-Rouge : c'était là, sur une falaise en face du fleuve, que Jack et sa femme Rachel habitaient une maison à peine plus grande qu'un chalet. Le vieux minibus Volkswagen, tout rouillé et déglingué, était rangé à côté de la maison. Le Chauffeur gara le bibliobus derrière le Volks, puis il se rendit au fond du jardin, près du kiosque.

Jack était allongé sur un transat, en short de tennis, une bière à portée de la main sur une table de métal surmontée d'un parasol. Il ne manifesta aucun étonnement en voyant arriver le Chauffeur, qui venait souvent sans prévenir. Le fait d'être surpris en pleine oisiveté ne le contrariait pas, car il avait adopté la maxime de Philippe Djian : « Il ne faut pas perdre de vue qu'un écrivain étendu sur une chaise longue est avant tout un homme qui travaille. »

À la vérité, Jack ne travaillait pas du tout. Comme toujours, lorsqu'il venait de faire paraître un roman, il était incapable d'en commencer un autre tant qu'il ne s'était pas mis à détester celui qu'il avait publié.

En s'approchant, le chauffeur vit que tous les journaux de la fin de semaine étaient éparpillés autour de la chaise longue de l'écrivain et que celui-ci avait l'air un peu déprimé. Une bonne demi-douzaine de canettes vides se mêlaient aux journaux. Jack se souleva péniblement de sa chaise et lui serra la main.

— Ça va ? demanda-t-il. Rachel et moi on te croyait parti pour ta tournée d'été.

— Non, c'est la semaine prochaine, dit le Chauffeur. Et toi, comment ça va ?

— Plutôt mal! Tu as vu les critiques? Elles sont toutes favorables! Comment veux-tu, dans ces conditions, que j'en arrive à détester mon livre? Où est-ce que je vais trouver l'envie de montrer à tout le monde ce dont je suis capable?... C'est une catastrophe!

— Tu exagères! dit le Chauffeur.

— Pourquoi dis-tu ça?... As-tu vu des choses négatives? Des choses défavorables?

—J'en suis presque sûr.

—Ah oui?... Fais-moi voir ça!

— C'est dans *Le Devoir*.

Ils fouillèrent tous les deux parmi les journaux, en trébuchant sur les canettes de bière, et finalement le Chauffeur trouva le cahier littéraire du *Devoir*. Il lut à voix haute les premières lignes du commentaire portant sur le livre de Jack. «D'un livre à l'autre, disait le chroniqueur, on retrouve le même personnage avec les mêmes caractéristiques.»

— Tu vois? fit le Chauffeur.

— Non, je ne vois rien du tout.

— Mais si!... Ça veut dire que tu commences à répéter les mêmes choses. Que tu n'arrives pas à te renouveler.

Le visage de Jack s'éclaira:

— Mais... c'est vrai! fit-il. Tu as parfaitement raison... Il faut que j'en parle à Rachel!

Il se précipita vers la maison en appelant sa femme. Deux minutes plus tard, le Chauffeur le vit revenir tout dépité.

— Elle n'est pas là, dit-il. J'avais oublié : elle est allée à Poste-de-la-Baleine.

Jack était un drôle de bonhomme. L'écriture tenait une telle place dans sa vie que certains aspects de la réalité lui échappaient. Ainsi, lorsque sa femme partait en voyage, il ne s'en rendait pas compte tout de suite. Pour le prévenir, elle lui laissait pourtant des notes un peu partout, sur la table de cuisine, dans le frigo, sur le miroir de la pharmacie, dans le Petit Robert. Avocate et experte en questions indiennes, elle devait souvent se rendre en avion sur les bords de la baie d'Hudson pour défendre les intérêts des Cris ou des Inuit dont les terres risquaient d'être inondées par les barrages de l'Hydro-Québec.

Cette fois, elle était allée passer trois jours à Poste-de-la-Baleine dans un tepee au sol tapissé de branches d'épinettes.

— Qu'est-ce que je vais devenir? se plaignit Jack. Sans elle, il était perdu : il oubliait de manger, il tombait malade, il croyait qu'il avait un cancer.

— Tu oublies l'article du *Devoir*, dit le Chauffeur. Maintenant tu vas pouvoir travailler.

— C'est vrai. Merci mille fois!

— De rien. Tiens, je pense à un truc qui pourrait te servir...

— Quel truc?

— J'ai lu ça quelque part... C'est un écrivain qui n'aime pas beaucoup les choses qu'on dit de lui dans les journaux, alors un jour il décide de ne plus lire les articles et de se limiter à compter le nombre de lignes que le critique a consacrées à son livre.

— Très bonne idée, dit Jack. C'est ce que je ferai la prochaine fois. Il est grand temps que j'apprenne à ne pas tenir compte de l'opinion des autres et à détester mes livres par moi-même.

À genoux dans l'herbe, il rassembla les journaux et les jeta dans un baril en métal servant à faire brûler les feuilles mortes à l'automne.

— C'est très gentil d'être venu, dit-il. Veux-tu boire quelque chose?... Un peu de porto? De la vodka? Un verre de vin blanc?... Va voir dans l'armoire de la cuisine, à droite de l'évier... Fais comme chez toi.

Le Chauffeur se rendit dans la cuisine et ouvrit l'armoire, mais il n'y avait rien du tout. Heureusement, dans le frigo, il trouva une canette de bière; c'était la dernière. Quand il revint dans le jardin, son ami Jack, bien allongé dans le transat, s'était endormi. Il souriait en dormant. Après avoir examiné le ciel pour voir quelle serait la course du soleil, le Chauffeur disposa le parasol de manière à ce que le visage de Jack demeurât à l'ombre le plus longtemps possible. Ensuite il embrassa très doucement son ami sur le front, posa la canette de bière sur la table métallique et sortit du jardin sans faire de bruit.

Lorsque Jack était préoccupé par son travail, il se repliait sur lui-même et on ne pouvait plus communiquer avec lui. Pourtant, il y avait deux ou trois choses que le Chauffeur aurait voulu lui raconter. Il aurait voulu lui parler de la fanfare, de l'animation qu'on voyait en ville à tous les coins de rue, de Marie, qui ressemblait à Katharine Hepburn dans *On a Golden Pond*, et aussi de cette tournée en bibliobus qui allait être la dernière.

5

UNE VIEILLE ÉCHELLE EN BOIS

En traversant le Jardin des Gouverneurs, un matin, pour aller aux provisions, le Chauffeur aperçut les gens de la fanfare. Ils étaient assis dans l'herbe et parlaient avec des employés municipaux qui démontaient une scène provisoire.

Timide, il pressa le pas de crainte d'être reconnu. Il sortit du parc, descendit la rue Haldimand et, au moment où, s'étant arrêté au milieu du trottoir, il hésitait entre l'épicerie de la rue Des Jardins et celle de la rue Saint-Louis, il vit venir Marie. Elle portait deux sacs de provisions qui devaient être lourds, car elle les serrait sur sa poitrine, les mains jointes par-dessus les sacs.

— Bonjour Marie, dit-il. Malgré lui, sa voix tremblait un peu.

— Bonjour, dit-elle.

Sous la lumière dure, presque tranchante, de cette fin de matinée, son visage semblait plus anguleux, mais elle était toujours aussi belle et ses yeux gris-bleu toujours aussi brillants.

— Ils sont lourds, vos sacs? demanda-t-il.

— Pas vraiment... On fait un pique-nique dans le parc, voulez-vous manger avec nous?

— Ça ne va pas déranger?

— Pas du tout.

— Vous permettez? dit-il. Il lui enleva un des sacs qu'elle tenait dans ses bras. Elle le laissa faire et ils commencèrent à remonter la rue Haldimand.

Des bouteilles s'entrechoquaient dans le sac du Chauffeur.

— C'est du vin de France et de la bière du Québec, dit-elle.

— Et dans le vôtre? demanda-t-il.

— Sandwiches et petits gâteaux.

— Je suis très content de vous voir.

— Moi aussi.

Ils marchaient lentement. La côte était raide.

— Maintenant que le festival est terminé, vous allez retourner en France?

— Pas tout de suite. On aimerait visiter un peu le Québec... peut-être une partie des États-Unis. Et puis il est arrivé quelque chose...

— Quelque chose de grave?

— Non, dit-elle en souriant. On a obtenu un petit contrat pour jouer du jazz au Clarendon pendant quelques jours. Ils vont nous prêter les instruments qui nous manquent.

Le Clarendon était l'hôtel où logeait la fanfare.

— Tant mieux! dit le Chauffeur.

— Mélodie chante très bien les vieux airs de blues. Vous viendrez l'écouter?

— Est-ce que... vous serez là?

— Oui, dit-elle, et ils se turent. Ils étaient déjà revenus au parc. Les musiciens taquinèrent Marie sur le temps qu'elle avait mis pour aller à l'épicerie et sur le fait qu'elle revenait avec quelqu'un. Au milieu des rires, Marie fit les présentations et le déjeuner sur l'herbe commença.

Le Chauffeur s'assit un peu à l'écart, le dos appuyé à un gros chêne. Il but un verre de vin pour être plus à l'aise avec les autres, mais de toute évidence son attitude réservée ne les dérangeait pas. Ils le laissaient en paix et riaient beaucoup entre eux. Le chien noir courait de l'un à l'autre à la recherche d'un morceau de sandwich. Marie parlait à tout le monde. Quand elle vint s'asseoir avec lui, il demanda :

— Près de Tournon, vous habitez tous ensemble?... Je veux dire, vous habitez dans la même région?

— J'habite avec Slim, dit-elle. C'est mon copain... Mélodie, la chanteuse, habite la maison voisine mais elle vient souvent chez nous. Les autres habitent dans les collines ou encore au bord du Rhône.

— Ah oui, chez vous c'est une région de collines...

— Il y en a partout. Elles vont dans tous les sens, la lumière change sans arrêt et le paysage est très doux. De plus, on voit toutes sortes d'oiseaux.

— Et la maison, elle est comment?

Elle prit un sandwich et lui en donna la moitié, puis elle entreprit de décrire les lieux. C'était une vieille maison en pierre qui avait le dos tourné à la route et s'ouvrait sur une grande cour intérieure; la cour était bordée sur un côté par un muret envahi d'arbustes et de fleurs, et sur l'autre par une remise à deux étages dont la partie supérieure, garnie de paille, était habitée par une famille de chats.

Avec les personnes qui aimaient les chats, le Chauffeur arrivait parfois à une sorte d'entente secrète, qui allait directement à l'essentiel; c'était comme s'ils se connaissaient depuis toujours.

— Comment font-ils, les chats, pour descendre dans la cour? demanda-t-il.

— Il y a une vieille échelle en bois, dit Marie. Ils descendent par l'échelle.

— Et les petits?

— C'est la chatte qui les prend dans sa gueule. Vous voyez ce que je veux dire?

— Attendez un peu...

Il ferma les yeux, appuyant sa tête contre le gros chêne. Un sourire amusé flotta sur son visage pendant que Marie racontait comment la chatte descendait l'échelle, tenant un petit dans sa gueule par la peau du cou, le déposait dans l'herbe en faisant entendre un drôle de roucoulement, puis se hâtait de remonter en chercher un autre, et encore un autre, jusqu'au moment où tous les chatons étaient réunis en bas, dans la cour inondée de soleil.

En ouvrant les yeux, il vit que Marie s'était éloignée de quelques pas. Avec ses amis, elle était en train de ramasser les papiers et les restes du pique-nique pour les mettre à la poubelle. Elle revint s'asseoir près de lui.

— Ça va? demanda-t-elle doucement.

— Oui, dit-il. J'ai dormi longtemps?

— Juste un peu... Prenez le temps de finir votre sandwich, on n'est pas si pressés.

— Vous allez quelque part?

— On va faire une promenade aux alentours. Vous avez un endroit à nous suggérer?

Il réfléchit en mangeant son sandwich. Il faisait beau, le temps était moins lourd que les jours d'avant, alors il proposa une balade sur les murs du Vieux-Québec. Et puisque ce n'était pas facile, sans carte ni rien, de leur expliquer le trajet, il s'offrit comme guide.

Prenant la tête avec Marie, il les entraîna vers la rue Sainte-Anne, au bout de laquelle ils montèrent sur les murs en gravissant le talus de la porte Kent. Au sommet, ils prirent un sentier herbeux et s'éloignèrent sans tarder, car l'odeur de crottin qui venait des calèches garées sur l'Esplanade était assez forte. Un peu plus loin, ils s'assirent dans les herbes folles qui poussaient sur le bord du mur. Le parlement était en face d'eux et, sur la droite, ils avaient une vue magnifique sur les Laurentides. Se penchant vers Marie, le Chauffeur lui récita :

> En passant près des anciens tennis du parlement, la vue des montagnes et du ciel au loin, un instant, lui entre dans le cœur par surprise.

— Qui a dit ça? demanda-t-elle.

— C'est Anne Hébert, dans *Le Premier Jardin*... Ici, quand j'étais petit, il y avait un club de tennis, vraiment très beau, et on venait s'asseoir sur le mur pour voir les matches. Je me souviens que, parfois, je ne résistais pas à la tentation de lever la tête pendant le jeu, et alors la beauté des montagnes me donnait un coup au cœur.

— Je comprends.

Ils prirent le temps d'admirer les montagnes au profil doux qui annonçaient les grands paysages du Nord, puis Marie se mit à parler des endroits que les musiciens avaient envie de visiter. Les gens qu'ils avaient consultés à droite et à gauche mentionnaient toujours les mêmes régions : Charlevoix, la Côte-Nord, la Gaspésie.

— Ça vous ennuierait si on faisait une partie du voyage avec vous ? demanda-t-elle.

— Pas du tout, dit-il. Mais comment allez-vous vous déplacer ? Le bibliobus est vraiment trop petit pour...

— Je sais, dit-elle en riant. On a pensé qu'on pourrait acheter un camion ou un vieux bus. On l'a déjà fait en Europe.

— Alors il vous faudrait quelque chose d'assez grand. Un vieil autobus scolaire ou quelque chose du genre. Si vous voulez, je peux essayer de vous en trouver un.

— Vous feriez ça ?

— Bien sûr.

Elle se pencha vers lui. Il retint son souffle pendant qu'elle l'embrassait sur la joue. Ensuite ils reprirent le sentier et s'efforcèrent de rattraper les autres qui s'étaient éloignés sur le mur en direction de la porte Saint-Louis. Ils les rejoignirent de l'autre côté de la porte, où le groupe s'était arrêté au bord du talus qui descendait vers les plaines d'Abraham; ils observaient les allées et venues d'une famille de marmottes.

Tournant le dos au vaste parc de verdure, tout vallonné, avec ses massifs d'arbres et de fleurs, le Chauffeur les conduisit vers la Citadelle. Derrière lui, ils franchirent une passerelle enjambant la route d'accès aux fortifications, puis ils empruntèrent un sentier asphalté qui contournait le vieux fort et menait au bord du cap Diamant.

Là, ils s'immobilisèrent, le souffle coupé par la majesté du fleuve. Eux qui, à la moindre occasion, blaguaient et se jouaient des tours, restèrent un bon moment sans rien dire, ébahis, les yeux ronds. Ensuite ils s'engagèrent lentement dans un large escalier de bois qui permettait de se rendre à la terrasse Dufferin. L'escalier était soutenu par un échafaudage de poutres prenant appui à la fois sur le roc de la falaise et sur la muraille de la Citadelle; à chaque palier, pour le repos des promeneurs, on avait aménagé des belvédères.

À mesure qu'ils descendaient vers la terrasse, le paysage s'élargissait sous leurs yeux. S'accoudant à la rampe d'un belvédère, Marie désigna l'île d'Orléans :

— J'aimerais bien aller dans cette île, dit-elle. Est-ce que c'est beau?

Le Chauffeur fit un signe de tête affirmatif.

— Très beau, dit-il.

— C'est là que Félix Leclerc avait sa maison?

— Oui, dit-il en baissant la voix.

— Avec la fanfare, Mélodie aime bien chanter *Le P'tit Bonheur.*

Deux musiciens passant sur le palier se mirent à fredonner la chanson de Félix, qui fut reprise par ceux qui venaient derrière eux et ainsi de suite jusqu'à la fin du cortège où se trouvaient l'équilibriste et la chanteuse.

— Pourtant, dit Marie, ce n'est pas ma chanson préférée.

— Ah non? fit-il.

— Non. Celle que j'aime le plus... je ne sais plus comment elle s'appelle, mais peut-être que je peux vous la chanter.

Elle se recueillit un moment, puis se mit à chanter avec sa drôle de voix :

J'ai mal à ton côté
Tu as mal à mes yeux
C'est vrai, c'est faux, c'est les deux
....
Et ce petit bouquet
Tout frais dedans ta main
Demain sera de l'engrais
Ça c'est vrai.................

Elle chanta encore plusieurs couplets et le Chauffeur fit un effort pour chanter avec elle, mais les mots restaient pris au fond de sa gorge.

6

UN RUISSEAU ET DES PETITS LAPINS

Au bar du Clarendon, le Chauffeur prit l'habitude de s'asseoir à la même table dans un coin. D'abord il vérifiait si Marie était là, puis il commandait quelque chose de léger, un verre de vin, une bière, parfois un chocolat chaud, qu'il sirotait doucement en écoutant Mélodie et la fanfare.

Dans cette petite salle obscure, où les ventilateurs n'arrivaient pas à chasser la fumée bleue des cigarettes, Mélodie n'était plus tout à fait la même; elle ne cherchait pas à faire rire. C'était émouvant de voir avec quelle sincérité elle interprétait des airs de blues, surtout des chansons d'Ella Fitzgerald et de Billie Holiday. N'eût été de son accent, on aurait pu croire qu'elle était née dans le «Deep South».

Son plus grand succès était *Don't Explain*, une chanson de Billie Holiday. Elle la chantait avec un accompagnement très doux: piano, saxo et contrebasse. C'était l'histoire d'une femme qui voyait son mari rentrer très tard le soir; elle lui disait qu'elle avait vu des traces de rouge à lèvres, qu'elle avait senti un nouveau parfum, que le reste était facile à deviner; mais elle ne lui demandait pas d'explication : tout ce qu'elle voulait, c'était qu'il ne parte pas.

Il y avait une autre chanson que le Chauffeur aimait beaucoup : *Famous Blue Raincoat* de Leonard Cohen. Pour la chanter, Mélodie s'habillait en homme et prenait une voix grave, à la fois monotone et toute en nuances. Cette fois, il s'agissait d'un homme qui écrivait une lettre à celui qui lui avait pris sa femme. Il lui disait, en l'appelant « *my brother, my killer* », qu'il était quatre heures du matin, qu'il faisait froid à New York, que sa femme n'appartenait à personne ; et il le remerciait d'avoir fait disparaître une tristesse que sa femme avait au fond des yeux et dont il avait cru qu'elle était là pour toujours.

C'était Slim, l'équilibriste, qui accompagnait Mélodie à la guitare lorsqu'elle chantait cette chanson un peu étrange.

Le plus souvent, le Chauffeur n'était pas seul à sa table. Marie venait s'asseoir avec lui et, entre deux airs de blues, ils discutaient des chansons et des livres qu'ils connaissaient. Comme tous les timides, le Chauffeur avait quelques idées très personnelles : il était convaincu, par exemple, que si deux personnes étaient vraiment faites pour se comprendre, elles devaient aimer non seulement les mêmes livres et les mêmes chansons, mais aussi les mêmes passages dans ces livres et dans ces chansons.

Parfois son ami Jack venait se joindre à eux, et parfois c'était sa sœur Julie, qui habitait à Beauport, en face du pont de l'île d'Orléans.

Julie était institutrice et mère de deux garçons; elle avait un mari très gentil qui ne rechignait pas à garder les enfants. Le Chauffeur éprouvait une affection spéciale pour sa jeune sœur. Il avait joué avec elle au hockey, au tennis et au base-ball; elle était solidement bâtie et il devait se méfier lorsqu'il la prenait dans ses bras pour rigoler, car elle avait suivi un cours d'autodéfense et elle était capable de l'envoyer au tapis. Et pourtant, il suffisait d'un rien: qu'elle le frôlât du coude en passant, qu'elle rejetât ses cheveux en arrière d'un mouvement de la tête, qu'elle relevât le bord de sa jupe pour lui montrer l'endroit où son chat lui avait fait une égratignure, et aussitôt il était fou d'elle, il avait envie de la serrer contre lui.

Avant son mariage, elle avait eu une immense peine d'amour, et c'est lui qui l'avait recueillie, le cœur cassé. Il l'avait amenée chez lui. Elle était déprimée et agissait comme un enfant, alors il l'avait lavée, nourrie, bercée et consolée.

* * *

Un soir, le Chauffeur se trouva seul avec Marie. La chanteuse avait mis beaucoup d'âme dans son interprétation et ils étaient tous les deux émus. Ils n'avaient pas envie de parler.

À l'entracte, les projecteurs s'éteignirent, on ralluma les lumières de la salle et les musiciens sortirent par la porte de la rue Des Jardins pour prendre l'air.

Marie se leva.

— Excusez-moi, dit-elle, il faut que je dise un mot à Slim.

— Je vous en prie, dit le Chauffeur. Il regarda sa montre. Je pense que je vais rentrer chez moi, ajouta-t-il.

— Non, restez un peu. Je veux seulement savoir où ils ont l'intention de se rendre après le spectacle. S'ils veulent traîner toute la nuit dans les bars de la Grande-Allée, peut-être que j'aurai plutôt le goût de me reposer ou de me promener tranquillement en ville.

— D'accord, je reste. Mais avant, je peux vous poser une question?

— Oui.

— Aimez-vous Boris Vian?

— Beaucoup. C'est à cause du blues que vous pensez à lui?

— Bien sûr. Quel est le livre de lui que vous préférez?

— *L'Écume des jours*, dit-elle. Pourquoi?

Le garçon s'approchait de la table pour prendre les commandes.

— Il y a une phrase que j'aime beaucoup dans ce livre, dit le Chauffeur. Une petite phrase, vers la page quarante ou un peu plus loin. C'est Colin qui parle du parfum de Chloé et ensuite il dit quelque chose à une fille...

— Ah oui, je me souviens..., dit Marie.

Elle se rassit et demanda au garçon de lui prêter un stylo et un feuillet de son bloc de commandes. À l'endos du feuillet, elle écrivit : «C'est merveilleux!... Vous sentez la forêt, avec un ruisseau et des petits lapins.» Elle tendit le papier au Chauffeur. Il lut la phrase et son visage s'illumina, puis il plia le papier en deux et le mit dans la poche de sa chemise.

— Vous buvez quelque chose? demanda le garçon.

— Un café, dit-elle.

— Même chose, dit-il, en regardant Marie dans les yeux.

— Alors, deux cafés, dit le garçon.

7

L'ÎLE ENDORMIE

Il ne pouvait pas dormir.

Son oreiller était moite. Le temps était chaud et de nouveau très humide. Bien que la fenêtre de la chambre et celle de la cuisine fussent grandes ouvertes, il ne venait pas un souffle d'air. Il alluma la lampe de chevet et regarda son réveil : trois heures du matin.

Refermant les yeux, il continua de chercher le sommeil. Il était calme. Il n'avait aucune raison de s'inquiéter, car tout était prêt pour la tournée d'été. Jamais une tournée n'avait été préparée avec autant de soin.

Le moteur et les freins du camion avaient été mis au point, et le système d'étagères sur rails avait été inspecté : le bibliobus, en dépit de son âge, était en bonne forme.

Le Chauffeur avait terminé la lecture des nouveaux livres, pour adultes et pour enfants, et il avait réussi à leur trouver une place dans les rayonnages. Ainsi, il n'était pas obligé de transporter des livres dans des caisses, qu'il eût fallu ranger derrière les sièges de la cabine. Cet endroit, précisément, était déjà encombré par deux coffres en bois assez volumineux : l'un contenait tous les outils du camion, l'autre renfermait des manuscrits refusés par les éditeurs et que leurs auteurs avaient confiés au bibliobus dans l'espoir de trouver quand même des lecteurs, ce qui arrivait de temps en temps.

Il avait expédié trois caisses de livres à la bibliothèque municipale de Baie-Comeau, ville située à mi-chemin de la tournée, et il devait les récupérer en passant pour regarnir ses étagères.

Enfin, il avait revu en détail les réseaux de lecteurs inscrits dans le cahier noir. Vraiment, tout était prêt. Il attendait, pour partir, que les gens de la fanfare fussent assez avancés dans la réparation et l'aménagement du bus scolaire qu'il leur avait trouvé; ils étaient en train de le nettoyer et de le remettre en état de marche.

Au ministère, on lui laissait une grande liberté dans le choix des dates de départ. Avec les années, on faisait de plus en plus confiance à ce conducteur de bibliobus assez original qui alliait la rigueur d'un fonctionnaire à la fantaisie d'un nomade.

L'insomnie se prolongeait. Il se leva, s'accouda à la fenêtre de la chambre. Il devait y avoir un peu de brume sur le fleuve, car les lumières de Lévis, en se reflétant dans l'eau, clignotaient faiblement. Comme il aimait la brume, il s'habilla, jeta machinalement un chandail sur ses épaules et descendit les étages pour aller marcher sur la terrasse. Même si c'était le milieu de la nuit, il y avait du monde : des promeneurs, des rôdeurs. Il fit quelques pas du côté droit, où débouchait le long escalier de bois, mais il y avait des amoureux qui s'étreignaient dans la pénombre sous le dernier kiosque. Pour ne pas les déranger, il se dirigea de l'autre côté, marchant tout près du garde-fou; il ne voulait pas perdre de vue les lumières qui dansaient dans l'eau noire, au gré de la houle soulevée par les traversiers et les cargos.

Devant lui, éclairé en vert et or, le Château Frontenac semblait veiller comme un géant fabuleux sur les maisons assoupies des alentours. Près du funiculaire menant à la basse-ville, il aperçut tout à coup, sous un lampadaire, une silhouette appuyée au garde-fou. Malgré la distance, il reconnut Marie. Elle regardait vers l'île d'Orléans. Pour ne pas l'effrayer, il toussa plusieurs fois et s'arrêta après avoir fait quelques pas dans la lumière.

— Bonsoir! dit-il

Elle tourna la tête vers lui.

— Bonsoir! dit-elle, de sa voix cassée. Elle inclina la tête, et ses cheveux gris brillèrent à la lueur du lampadaire. Le Chauffeur s'approcha et l'embrassa sur les deux joues, un peu trop haut, sur les pommettes qu'il aimait bien. Ensuite, mal à l'aise, ils se retournèrent tous les deux vers le fleuve.

— J'espérais vous voir, dit-il, mais je n'étais pas sûr.

— Vous ne pouviez pas dormir? demanda-t-elle.

— Non. Et vous?

— Moi non plus. Ce doit être le café.

— Et les autres? demanda-t-il.

— Ils sont dans un bar de la Grande-Allée.

— Avez-vous froid?

— Un peu. L'humidité...

— Vous voulez mon chandail?

— Je veux bien.

C'était son vieux chandail gris à capuchon. Il était reprisé partout, on aurait dit qu'il avait connu les deux Guerres mondiales, mais le Chauffeur l'aimait beaucoup. Il le mit sur les épaules de Marie et, l'ayant fait se tourner vers lui, il noua les deux manches sous son menton. Il faisait ce geste avec une telle douceur qu'un passant eût pu croire qu'il la prenait dans ses bras.

— Merci, dit Marie. Puis elle désigna l'île d'Orléans enveloppée de brume: Comment fait-on pour aller là? demanda-t-elle.

— Où ça? fit-il.

— Dans l'île. On doit passer par le pont illuminé, là-bas?

Elle montrait du doigt un chapelet de lumières qui scintillaient dans le brouillard sur la gauche, mais c'était l'autoroute Dufferin. Le Chauffeur lui prit le bras et le déplaça légèrement vers la droite.

— Le pont est un peu plus de ce côté-là, dit-il. On le voit mal à cause de la brume.

— Et c'est très loin d'ici?

— Non, un quart d'heure en auto. Ou en bibliobus... Vous avez envie d'y aller?

— J'en ai très envie, mais vous préférez peut-être aller dormir?

— Pas du tout! protesta-t-il. Le ton décidé de sa voix indiquait clairement que l'idée de faire le tour de l'île d'Orléans à trois heures du matin lui semblait être la chose la plus naturelle du monde.

Elle passa son bras sous le sien et ils retraversè-rent la terrasse pour se rendre à l'allée de terre où le bibliobus était garé. Le Chauffeur n'avait pas la clef de contact sur lui, mais il utilisa celle qu'il gardait cachée, en cas d'urgence, sous une aile de la carrosserie. Après avoir ouvert la portière de droite et laissé monter Marie, il sortit une lampe de poche du coffre à gant et, s'agenouillant, il promena lentement un rayon de lumière sous le camion. Il n'eut que le temps de voir s'enfuir une boule blanche et deux yeux phosphorescents : c'était Blanca, la petite chatte de la voisine.

— Préférez-vous conduire? demanda-t-il.

— Non, dit Marie. Merci beaucoup.

Sortant de l'allée en marche arrière, il monta l'avenue Sainte-Geneviève et traversa le Vieux-Québec, encore très animé à cause des fêtards, même si le festival avait pris fin. En face du parle-ment, il emprunta l'autoroute Dufferin où le bibliobus se laissa glisser vers la basse-ville dans un long virage paresseux qui le conduisit vers le pont de l'île. Marie trouvait qu'il y avait de la sollicitude dans la courbure des lampadaires qui se pen-chaient au-dessus de la route. De temps en temps, elle tournait la tête pour regarder les lumières de la ville, en particulier celles du Château, de l'édi-fice Price et du parlement, qui reculaient lente-ment dans la nuit brumeuse. Mais bientôt ils arrivèrent au pont.

— Il est très élégant et harmonieux, dit-elle. Puis elle se rendit compte qu'il souriait. À quoi pensez-vous? demanda-t-elle.

— À rien, dit-il, mais vous employez les mêmes mots que moi.

Ils grimpèrent une côte abrupte et, au sommet, le Chauffeur se mit à hésiter.

— On peut faire le tour de l'île par la droite ou par la gauche, dit-il.

— Et c'est moi qui décide ?

— S'il vous plaît.

— Eh bien... allons à droite.

Il prit la direction indiquée et accéléra en douceur pour éviter le bruit : tout était calme, il n'y avait personne sur la route et le village de Sainte-Pétronille était désert. À l'extrémité de l'île, un vent léger se leva, dissipant la brume, alors ils s'arrêtèrent sur le quai près d'un hôtel, pour contempler les lumières de Québec. La lune était pleine et rouge comme de la braise.

Lorsqu'ils reprirent la route sinueuse et tranquille, Marie examina un instant le trajet sur une carte routière qui se trouvait dans le coffre à gants. Au village de Saint-Laurent, les maisons anciennes, les chalets au bord de l'eau, le vieux court de tennis : tout était endormi. De l'autre côté de Saint-Jean, elle remarqua une lumière immobile sur le fleuve et il lui dit que c'était l'île Madame. Au sortir de Saint-François, devant l'église, la route tourna carrément à gauche et, juste un peu plus loin, le Chauffeur s'arrêta dans une halte routière pour qu'ils puissent se dégourdir les jambes. Sur le terrain, uniquement éclairé par la lune, ils aperçurent des toilettes, des tables à pique-nique et, tout au fond, une grande tour d'observation en bois.

— Qu'est-ce qu'on voit du haut de la tour? demanda Marie.

— Durant le jour, dit-il, on voit très bien la pointe de l'île et plusieurs petites îles des alentours. Mais, la nuit, je ne sais pas du tout...

— On monte, pour voir?

— Si vous voulez.

Il prit la lampe de poche et une couverture de laine dans le bibliobus, et ils commencèrent à gravir les marches en planches rugueuses; ils s'arrêtaient à chaque palier pour souffler un peu et vérifier si le paysage s'était agrandi.

En haut, il éteignit la lampe. L'air était plus frais, le vent plus fort, alors il passa la couverture de laine autour des épaules de Marie, par-dessus le vieux chandail gris, et autour des siennes. Quand ils se tournaient vers la pointe, ils ne distinguaient pas les petites îles, mais seulement le fleuve qui brillait sous la lune rouge, avec des lumières sur chaque rive; il lui montra celles de Beauport où habitait sa sœur cadette. Au sud-ouest, les lumières de Québec et celles de Lévis se confondaient dans le lointain.

— Marie..., commença le Chauffeur.

— Oui? fit-elle.

— Je me sens vraiment bien avec vous. Ça ne m'était pas arrivé depuis une éternité.

— Moi aussi.

— Mais je dois vous dire quelque chose et c'est un peu difficile.

Elle lui prit la main sous la couverture. Il regarda loin devant lui et déclara d'une voix ferme :

— Devenir vieux, c'est une chose qui ne m'intéresse pas du tout. J'ai décidé depuis un bon moment que la tournée d'été serait la dernière. Vous comprenez?

Elle lui pressa doucement la main pour dire qu'elle comprenait ou qu'elle essayait de comprendre. Ils restèrent silencieux, ni l'un ni l'autre ne voulant ajouter autre chose. Puis il se rendit compte qu'elle frissonnait et il proposa :

— On va boire un chocolat chaud dans le camion?

— D'accord, dit-elle.

Habitués à la demi-obscurité, ils descendirent de la tour sans allumer la lampe. Sur le dernier palier, Marie s'arrêta brusquement :

— Je vois un hibou.

— Où ça?

— Juste à la lisière du bois, sur un piquet de la clôture.

Elle montra l'endroit avec son index, mais le Chauffeur ne put rien voir.

— C'est un moyen duc, précisa-t-elle.

— Je ne vois rien, dit-il un peu tristement.

Dans le bibliobus, il déplaça l'étagère et mit de l'eau à bouillir sur le réchaud. Au-dessus de l'évier se trouvait une photo dont il ne se séparait jamais; elle était protégée par une enveloppe en plastique. Elle représentait la librairie Shakespeare and Company, à Paris. C'était au crépuscule, une lumière vive et dorée émanait des vitrines de la librairie et se répandait dans l'ombre bleutée.

Très vite, la chaleur du feu sous la bouilloire les réchauffa, mais aucun d'eux n'avait envie de parler. Ils burent le chocolat chaud en silence et mangèrent deux ou trois biscuits à l'érable. Bientôt une lueur grise éclaira les fenêtres arrière du camion et ils se hâtèrent de remonter en haut de la tour pour regarder vers l'est. Enveloppés dans la couverture de laine, serrés l'un contre l'autre, ils ne formaient plus qu'une seule personne : ils ressemblaient à un marin juché à la vigie d'un bateau immense.

En attendant l'apparition du soleil, Marie se tourna vers le Chauffeur. Elle appuya sa joue contre la sienne et, très doucement et fraternellement, elle se mit à frotter la pommette qu'il aimait contre ses yeux et le coin de sa bouche.

8

LA PREMIÈRE FOIS

Le Chauffeur entreprit sa tournée d'été un matin vers dix heures, suivi à courte distance par les musiciens dans leur autobus scolaire. Il faisait déjà une chaleur insupportable et tout le monde était content d'aller vers le nord. Au moment de partir, Marie décida de faire un bout de chemin avec lui.

Dans les montagnes de Charlevoix, il jetait de fréquents coups d'œil dans le rétroviseur et ralentissait pour ne pas trop distancer le vieil autobus qui peinait dans les côtes. Marie était inquiète. Les freins du bus scolaire allaient-ils tenir le coup dans les descentes rapides? Le musicien qui les avait réparés n'avait-il pas oublié un détail?

Lorsqu'ils arrivèrent en vue de la descente vertigineuse qui menait vers Baie-Saint-Paul, Marie éprouva le besoin de dire un mot à Slim.

— Pouvez-vous arrêter quelque part? demanda-t-elle.

— Bien sûr, dit-il.

Tout de suite, il mit le clignotant. Il s'assura que, derrière lui, le conducteur du bus faisait de même, puis il engagea le camion sur le terrain de stationnement d'un restaurant situé au sommet de la côte. Quelques instants plus tard, l'autobus s'immobilisait à côté du camion. Slim était au volant.

Marie descendit. Pendant qu'elle parlait avec son ami, qui, sans quitter le bus, penchait la tête vers elle, les autres s'accoudaient aux fenêtres pour admirer la petite ville nichée au creux d'un vaste hémicycle de verdure et l'île aux Coudres qui s'estompait dans les brumes légères du fleuve.

Le Chauffeur regardait lui aussi le paysage. Il avait les yeux humides lorsque Marie revint s'asseoir à ses côtés.

— Il y a de la brume dans vos yeux, dit-elle très doucement.

— Juste un peu, dit-il. C'est rien.

— On dirait que certains paysages... font partie de nous-mêmes et qu'on ne peut pas s'en séparer, n'est-ce pas?

Étonné de voir qu'elle avait deviné ce qui se passait en lui, il ne sut quoi répondre et ils gardèrent tous les deux le silence. Elle parla ensuite des freins de l'autobus.

— Ils ont l'air de bien fonctionner, dit-elle. On peut y aller.

Remettant le moteur en marche, il démarra en prenant le temps de regarder le paysage une dernière fois, puis il amorça la descente. L'autobus scolaire suivait non loin derrière. Au pied de la côte, ils abordèrent un virage serré à droite qui conduisait au centre-ville, et Marie se retourna pour voir comment le vieux bus s'en tirait avec la courbe.

— Tout va bien, dit-elle.

Ils avaient convenu, Slim et elle, qu'il était plus prudent de s'arrêter à la première occasion pour effectuer une nouvelle révision des freins et peut-être aussi de la direction et de la suspension. Elle demanda :

— Est-ce que Baie-Saint-Paul fait partie des endroits où vous vous arrêtez habituellement pour travailler?

— Non, dit-il, je m'arrête plutôt dans les petits villages. Il faut éviter de faire concurrence aux bibliothèques et aux librairies.

— Bien sûr.

— Mais je n'ai pas d'horaire précis, alors si vous préférez que...

Il se tut. Juste devant eux, un petit suisse traversait la route sur un fil électrique tendu entre deux poteaux.

— Oui, dit-elle, je préfère que vous soyez là, si c'est la question que vous aviez en tête.

Sa voix cassée avait des accents très doux. Pour dissimuler son trouble, il se mit à expliquer comment ils pouvaient organiser leur séjour à Baie-Saint-Paul. S'ils voulaient un peu de confort, ils devaient aller dans un camping au bord de la rivière du Gouffre; s'ils aimaient mieux faire des économies, ils n'avaient qu'à se garer tout simplement sur une place publique.

Marie préférait la deuxième possibilité.

— On n'a pas beaucoup d'argent, dit-elle. Bientôt il faudra donner des spectacles pour payer l'essence.

— Alors le mieux c'est de se garer à côté de l'église. On est presque arrivés.

Au bout d'un kilomètre, il quitta la route principale et vira à gauche pour entrer dans la cour de l'église. Il laissa passer le bus scolaire, faisant comprendre à Slim d'un geste de la main qu'il avait intérêt à se garer du côté droit, où l'ombre de l'église allait croître durant l'après-midi. Il était midi et demie et le brouillard s'effilochait sous l'influence d'un petit vent d'ouest. Marie lui dit au revoir en lui effleurant le bras et descendit pour aider Slim à la manœuvre. Le Chauffeur installa son camion du même côté que le bus, mais à la limite de la cour.

Il mangea seul, sans s'occuper des autres, les deux portes arrière ouvertes à cause de la chaleur. Ensuite il fit la sieste, après avoir mis des boules dans ses oreilles pour étouffer le bruit des voix et des outils...

Dans son rêve, une femme le regardait, dehors, à vingt pas du camion. Il ouvrit les yeux, se dressa sur un coude : elle était toujours là. Il lui fit un signe de la main et lui adressa un sourire tout ensommeillé. En s'asseyant dans le lit, il comprit tout à coup que ce n'était pas Marie. C'était une femme très âgée. Une petite vieille.

Vivement il se leva, replia le lit dans le mur et remit l'étagère à sa place en la faisant glisser sur le rail. Ensuite il descendit du camion.

— Bonjour madame, dit-il.

— Bonjour.

Elle avança de quelques pas et s'arrêta, tassée sur elle-même et toute de travers. En dépit de la chaleur, elle portait une robe noire fermée jusqu'au cou, des bas noirs et un chapeau de même couleur, avec une voilette qui dissimulait mal son visage ridé.

Pour l'encourager, il demanda :

— Vous voulez un livre?

— Si ça ne vous dérange pas, monsieur.

— Au contraire, ça me fait plaisir, dit-il. Même lorsqu'il ne travaillait pas, il se faisait un point d'honneur de ne jamais refuser un livre à quelqu'un.

La petite vieille avança jusqu'au marchepied.

— C'est la première fois, dit-elle. De la manche de sa robe, elle sortit un mouchoir immaculé avec lequel elle essuya les commissures de ses lèvres.

— Je comprends, dit-il, et il s'approcha pour l'aider à monter dans le bibliobus. À ce moment, elle releva sa voilette et il vit qu'elle avait des yeux verts, des yeux étonnants, qui semblaient avoir un don spécial pour accrocher la lumière.

— J'ai vu ce qui est écrit sur le côté du camion, expliqua-t-elle. Je sortais du presbytère... Et les autres, là-bas, dans l'autobus scolaire, qu'est-ce qu'ils font?

— Ce sont des artistes. Des musiciens et des jongleurs.

Elle hocha la tête.

— Quel genre de livres avez-vous? demanda-t-elle.

— Nous avons toutes sortes de livres, dit-il. Voulez- vous entrer et les regarder?

Il lui tendit le bras. Elle s'appuya sur lui pour gravir le marchepied. À l'intérieur, il lui indiqua de quelle manière les livres étaient disposés, où se trouvaient les différentes sections, puis il la laissa seule; il descendit du camion et fit quelques pas, sans trop s'éloigner.

Du côté de l'autobus scolaire, la révision des freins était terminée et le calme était revenu; des journaux tachés d'huile avaient été oubliés près des roues arrière. Les gens de la fanfare étaient tous à l'intérieur, sauf un musicien qui s'entraînait à jongler avec trois balles de tennis. Quelqu'un était occupé à installer un rideau aux fenêtres, de sorte que le Chauffeur ne put voir ce que faisait Marie.

En marchant, il observait la vieille dame du coin de l'œil. Elle examinait les livres un à un, mais sans les prendre dans ses mains : la tête penchée de côté, elle se contentait de lire les titres; parfois elle leur caressait le dos du bout de ses doigts maigres. Il s'approcha et quand il l'entendit soupirer, il vint s'asseoir sur le marchepied.

— Ça ne va pas? demanda-t-il.

— Je ne peux pas, dit-elle faiblement.

— Ah non?

— Il y a trop de livres.

— C'est vrai. Je vais vous aider à choisir. Mais d'abord, aimeriez-vous boire quelque chose? Une limonade, par exemple?

— Ah oui, j'aimerais bien. On voit que vous êtes quelqu'un de bien élevé.

— Merci!

Il monta dans le camion et offrit une chaise pliante à la petite vieille. Dégageant le coin-cuisine, il sortit la limonade du frigo et lui en versa un verre. Elle le remercia. Il se servit la moitié d'un verre, puis il replaça l'étagère et s'assit sur un tabouret.

— Il y a longtemps que vous habitez à Baie-Saint-Paul? demanda-t-il.

— Je suis née ici, dit la vieille en buvant une petite gorgée. J'ai toujours habité ici, excepté l'année où j'ai fait l'école.

— Vous avez été institutrice?

— Oui, j'ai remplacé une maîtresse qui était malade. C'était dans un petit village, là-bas dans les montagnes... Saint-Ferréol-les-Neiges, vous connaissez?

Elle agitait la main en direction du sud-ouest, et son geste, comme l'expression craintive de son visage, donnait à penser que le village se trouvait au bout du monde.

— Oui, je connais, dit-il.

Il lui posa d'autres questions et, par bribes, la vieille décrivit une école située au fond d'un «rang», où elle avait habité en permanence, instruisant des élèves de plusieurs niveaux, regroupés dans une seule classe autour d'un poêle à bois; elle se rappelait l'odeur des mitaines, des tuques et des écharpes de laine qui séchaient l'hiver auprès du poêle.

Quand elle en eut terminé avec ses souvenirs et sa limonade, le Chauffeur se leva et, sans hésiter, prit un livre sur les rayons.

— Voici un livre qui pourrait vous convenir, dit-il.

— Ah oui? fit-elle, les yeux brillants.

Elle tendit la main et il lui remit un ouvrage de Gabrielle Roy intitulé *Ces Enfants de ma vie*. Ce n'était pas l'édition de poche, mais une édition plus ancienne avec des caractères plus gros et qu'on pouvait lire facilement.

— Merci, dit la petite vieille. Merci beaucoup.

— C'est rien, dit-il, et il ajouta qu'il n'y avait aucune fiche à remplir. Elle n'avait qu'à retourner le livre par la poste, à l'adresse imprimée à l'intérieur de la couverture. Si elle en avait le goût, il lui était permis, et même conseillé, de prêter le livre à d'autres personnes.

Visiblement satisfaite par ces explications, la petite vieille le remercia encore une fois, puis elle se leva péniblement de sa chaise et il l'aida à descendre du camion. Elle lui fit un sourire timide, baissa sa voilette et s'éloigna vers la rue principale en tenant le livre de Gabrielle Roy serré sur sa poitrine.

Il avait de nouveau remarqué la luminosité de ses yeux verts au moment où elle avait baissé sa voilette. Elle avait dû, autrefois, être une très belle femme. Dans sa maison, sur la cheminée, il y avait sans doute une vieille photo d'elle, sur une plaque de cuivre, et qui la représentait en jeune mariée.

9

LE CHAT DE L'ÎLE AUX COUDRES

Ce matin-là, il était en train de verser des corn flakes dans son bol quand il entendit frapper doucement à l'arrière du bibliobus.

— Un instant! dit-il. Se mettant devant le rétroviseur de la cabine, il se recoiffa avec les doigts, puis il alla ouvrir. C'était Marie. La belle Marie avec ses cheveux gris et son sourire, et la force tranquille qui se dégageait d'elle.

— Bonjour, dit-il. Est-ce que vous allez bien?

— Ça va, dit-elle.

— Avez-vous dormi?

— Un peu. Et vous?

— Oui. Au petit matin.

La veille, quelques-uns des musiciens avaient passé la soirée en ville, et ils avaient fraternisé avec un petit orchestre qui jouait dans un restaurant. À la fermeture, les membres de l'orchestre les avaient raccompagnés jusqu'au bus scolaire et, tous ensemble, ils avaient fait de la musique en buvant de la bière et du vin. Malgré sa timidité, le Chauffeur s'était joint à eux. Tout le monde s'était couché tard dans la nuit.

Marie avait les yeux plus petits que d'habitude.

— Vous n'entrez pas? demanda-t-il.

— Non, dit-elle. Je viens seulement vous demander quelque chose.

— Et si je faisais du café?...

— Eh bien!... c'est d'accord. Merci beaucoup.

Elle monta, laissant une des deux portières ouverte. Il alluma le réchaud pour faire bouillir de l'eau. Quand le café fut prêt, il en versa une tasse à Marie, qui était assise par terre, adossée aux rayons inclinés de la bibliothèque. Ensuite il mit du lait dans ses corn flakes et s'assit en face d'elle, après avoir replié la table et les chaises.

— Ma tête est encore pleine de musique, dit-il.

— La mienne aussi, dit-elle en buvant une gorgée. Mmm... le café est très bon!

— Merci.

— Vous vous êtes couché tard à cause de nous...

— C'est pas grave, dit-il.

— En plus, dit-elle, j'ai une faveur à vous demander.

Il mangeait tranquillement ses corn flakes en attendant ses explications. Elle hésitait, et il lui sourit pour l'encourager. Finalement, elle se décida:

— J'ai très envie de voir l'île aux Coudres... Est-ce que ça vous dérangerait beaucoup de m'y conduire? Il y aurait aussi Mélodie et Slim. Les autres préfèrent dormir ou écrire des lettres ou flâner en ville, et ils...

— Ça ne me dérangerait pas du tout, dit-il.

— ...et ils nous rejoindraient plus loin sur la route, au premier village où vous devez travailler. Quel est le nom de ce village?

— Saint-Irénée.

— Je leur dirai. Ils nous rejoindront là-bas et, de cette façon, vous ne serez pas obligé de revenir ici.

— Merci, dit-il.

Elle avait pensé à tout. Elle proposait de partir dans une demi-heure et de pique-niquer sur l'île dans l'après-midi. Avec Slim et la chanteuse, elle se chargeait de préparer le lunch; il n'avait à s'occuper de rien.

Une heure plus tard, débarquant du bac qu'ils avaient pris à Saint-Joseph-de-la-Rive, le Chauffeur et ses trois passagers arrivaient à l'île aux Coudres. Ils montèrent la côte du quai et entreprirent le tour de l'île.

Le Chauffeur roulait lentement pour leur permettre de goûter l'atmosphère de paix qui baignait l'île et d'admirer les maisons basses en pierre, les vieux moulins, les champs fleuris et les oiseaux de mer. Marie était assise à côté de lui, sur le tabouret. Mélodie et Slim, appuyés l'un sur l'autre, se partageaient le siège de droite. La chanteuse avait les yeux cernés par le manque de sommeil; l'équilibriste, mal rasé et les cheveux en désordre, avait passé son bras gauche autour de ses épaules.

L'île était calme et les touristes peu nombreux. À plusieurs reprises, ils virent des goélettes échouées sur la grève, penchées sur le côté, ne servant plus à rien. Le ciel était sans nuages, le fleuve tranquille, l'air doux et chaud.

Au bout de l'île, un peu au-delà de l'Auberge du Capitaine, le Chauffeur trouva un endroit où l'accès à la grève était facile. Ayant garé le bibliobus, il suggéra aux autres de se mettre en quête d'une baie propice au pique-nique pendant qu'il préparait un thermos de café. En même temps, il voulait vérifier si quelques livres n'étaient pas tombés des rayons lors de la descente très raide qui reliait les Éboulements à Saint-Joseph-de-la-Rive.

— Je vous donne un coup de main, dit Marie. Elle se tourna vers Slim et Mélodie, qui étaient descendus du camion : Ça ne vous ennuie pas? demanda-t-elle.

— Mais non, dit Slim. On se verra là-bas.

— Entendu, dit-elle.

— À tout de suite, dit Mélodie.

L'équilibriste et la chanteuse s'éloignèrent sur la grève, tenant chacun par une anse le panier de provisions recouvert d'une nappe à carreaux rouges et blancs.

Le Chauffeur s'assura d'abord que tous les livres étaient restés sur les rayons, puis il prépara le café et Marie le versa dans la bouteille thermos. Il plaça la bouteille dans un petit sac à dos, avec des gobelets en plastique et un paquet de LU, les biscuits préférés de Marie dont il avait acheté tout un assortiment avant de partir de Québec.

Elle lui mit la main sur l'épaule.

— Merci pour les biscuits, dit-elle. C'est gentil d'y avoir pensé.

— Il n'y a pas de quoi, dit-il, et il souleva un peu son épaule en inclinant la tête, de manière à frotter un instant sa joue contre la main de Marie.

Ils descendirent. En refermant les portes arrière, il aperçut un chat sous le camion.

— Tiens, un visiteur! dit-il.

Marie se pencha pour regarder. C'était un jeune chat noir avec un peu de blanc au bout des pattes.

— Ce doit être le chat de l'auberge, dit-elle. Je l'ai vu sur la pelouse tout à l'heure, quand on est passés par là.

Ils se mirent à marcher sur la grève silencieuse. La marée baissait, découvrant une batture d'ardoise gris foncé, presque noire. Slim et Mélodie n'étaient pas en vue, ils cherchaient sans doute une crique de sable doux un peu plus loin. Le Chauffeur jeta un coup d'œil derrière lui.

— Le petit chat nous suit, dit-il.

Ils s'arrêtèrent, et le chat noir en fit autant. Il avait sur le museau une tache blanche semblable à une grosse goutte de lait. Il paraissait très occupé à jouer dans les flaques d'eau, mais lorsqu'ils s'éloignèrent de nouveau, il recommença à les suivre.

Une barrière rocheuse se dressait devant eux. Ils la franchirent et, pour s'amuser, ils se dissimulèrent derrière une grosse souche. Quelques instants plus tard, le petit chat noir arriva à toute vitesse, l'air complètement perdu. En les apercevant près de la souche, il fit un crochet et obliqua vers le fleuve.

Au moment où ils reprenaient leur chemin, ils virent l'équilibriste et la chanteuse allongés dans le sable, au fond d'une crique. Couchés sur le côté, l'un en face de l'autre, les yeux fermés, ils avaient l'air de dormir. Ils avaient enlevé leurs chaussures et leurs tee-shirts. Tous deux avaient la peau très blanche, excepté le visage, le cou et les avant-bras, brûlés par le soleil. Ils avaient mis le panier de provisions à l'ombre du rocher situé le plus près d'eux.

Marie semblait émue, sa respiration était plus rapide. Sur la pointe des pieds, le Chauffeur alla déposer son sac à dos près du panier de provisions, puis revenant vers elle, il lui prit le bras et l'entraîna de l'autre côté de la crique. Ils s'assirent sur la grève sablonneuse, le dos appuyé à un rocher. Aussitôt, le chat noir, encore essoufflé par sa course vers le fleuve, grimpa sur une roche ronde à quelques mètres d'eux. Il se mit à lécher ses pattes maculées de boue.

— Ils ont l'air si fragiles, tous les deux..., dit Marie.

— Bien sûr, dit-il.

Elle était encore sous le coup de l'émotion, elle fronçait les sourcils et dessinait nerveusement quelque chose dans le sable. Il mit son épaule tout contre la sienne, pour l'inviter à s'appuyer sur lui si elle en ressentait le besoin. Elle se calma peu à peu.

Tout à coup, le petit chat sauta en bas de sa roche ronde et se précipita de nouveau vers le bord du fleuve.

— Il y a des oiseaux là-bas, dit-elle.

— Où ça? demanda-t-il.

— Là-bas, entre le rocher pointu et la roche plate.

Elle montrait du doigt un endroit précis au bord de l'eau, mais il avait beau écarquiller les yeux et mettre sa main en visière pour se protéger du soleil, il ne voyait rien.

— Je ne les vois pas, dit-il.

— Ils sont au bord de l'eau. Ils ont des pattes fines et ils courent à petits pas pressés. Ce sont des pluviers kildir.

— Je ne vois rien du tout, dit-il, l'air malheureux. Comment faites-vous?

— Oh! j'ai l'habitude.

— Comment ça?

— Je suis peintre d'oiseaux.

Elle parlait sur un ton naturel, comme s'il se fut agi d'un métier que l'on voyait tous les jours, mais le Chauffeur était estomaqué.

— Vous peignez des oiseaux? fit-il. C'est vrai?

— Mais oui, c'est mon métier.

— Comme Audubon?

— Si vous voulez. Vous saviez qu'il était venu sur la Côte-Nord?

Il fit signe que non. Elle raconta qu'à l'été de 1833, sur la goélette *Ripley*, Audubon avait exploré la côte depuis Natashquan jusqu'à Bradore, et qu'il avait rapporté de cette expédition une vingtaine de dessins d'oiseaux.

— Je n'en savais rien, dit le Chauffeur. J'ai déjà vu certaines reproductions de ses peintures...

Je me suis toujours demandé comment il faisait pour être aussi précis.

— Il avait une méthode... qui ne vous plaira pas beaucoup, dit Marie.

— Quelle méthode?

— Excusez-moi, mais pour étudier les oiseaux de plus près, il les abattait d'un coup de fusil. Ensuite il se servait de fils de fer pour les maintenir en position.

— Ah non!...

— C'était la technique utilisée au dix-neuvième siècle. Aujourd'hui on se sert de jumelles, il faut un peu plus de patience...

Interrompue par des éclats de voix, elle tourna la tête. Slim et Mélodie, assis au milieu d'une large flaque d'eau, à vingt mètres d'eux sur la batture, s'aspergeaient mutuellement en riant et en poussant des cris.

— Ils vont si bien ensemble..., murmura-t-elle.

À cause du soleil, elle avait les yeux mi-clos et il fut impossible au Chauffeur de deviner quels sentiments agitaient son âme. Cette fois, son visage était détendu et elle paraissait très calme.

— Ils auront sûrement très faim, dit-elle en se mettant debout. Venez, on va sortir le lunch et installer tout ce qu'il faut pour manger.

— D'accord, dit-il. Mais un jour, quand vous en aurez envie, est-ce que vous allez m'expliquer comment vous faites votre travail? Comment vous identifiez les oiseaux, comment vous les approchez et tout ça?

— Bien sûr, dit-elle.

— Merci.

Il la regardait avec une admiration si évidente qu'elle ne put s'empêcher de sourire. Comme il restait là sans bouger, elle lui prit la main et l'emmena jusqu'au rocher où se trouvaient les provisions. Il ne la quitta pas des yeux tandis qu'elle ramassait les vêtements que les deux autres avaient laissés en désordre sur le sable, à l'endroit où ils avaient dormi. Finalement, il se ressaisit. Il lui donna un coup de main pour déplier la nappe à carreaux rouges et blancs, sur laquelle ils disposèrent les sandwiches, le café, les biscuits et les couverts.

Slim et Mélodie arrivèrent en courant, nus et trempés, et le petit chat noir n'était pas loin derrière.

10

UNE MORT TRÈS DOUCE

Le bibliobus était garé sur le quai de Saint-Irénée. Pour la première fois depuis le début du voyage, le Chauffeur était seul. Les gens de la fanfare, après être venus au rendez-vous fixé par Marie, étaient repartis avec elle pour La Malbaie où ils envisageaient de donner un spectacle.

C'était la fin de l'après-midi. Toute la journée, l'humeur du Chauffeur avait été changeante comme le fleuve, qui virait du gris au vert suivant l'intensité de la lumière. Cela ne l'avait pas empêché d'accueillir avec cordialité tous les lecteurs qui s'étaient présentés : des gens âgés, des écoliers en vacances, des touristes. Cependant, son chef de réseau n'était pas encore arrivé.

Le chef du réseau de Saint-Irénée était une femme d'une quarantaine d'années qui s'appelait Madeleine. C'était une ancienne bibliothécaire. Le réseau — l'un des plus vastes de la région — comptait pas moins de vingt-sept personnes réparties dans un secteur délimité par les villages de Saint-Joseph-de-la-Rive, Pointe-au-Pic et Saint-Aimé-des-Lacs.

Pour passer le temps, il alluma la radio du camion et choisit la bande FM avec l'idée d'écouter de la musique, mais la première chose qu'il entendit fut une émission littéraire où il était question de Céline. Un professeur de la faculté des Lettres, qui avait une voix chaude et profonde, commentait des passages du *Voyage au bout de la nuit*. Ensuite il raconta qu'un soir, après avoir mangé, Céline s'était senti fatigué : «Je vais m'allonger un peu», avait-il dit. Plus tard, Céline avait ajouté : «Il faudra penser à mettre les lettres à la poste.» Puis il s'était éteint. Il avait connu une mort très douce.

L'émission s'acheva et il y eut de la musique classique, puis des chansons. Le Chauffeur haussa le volume de la radio et alla dehors pour voir le fleuve de plus près et sentir l'odeur de l'eau salée. Le quai était en réparation, mais comme il était plus de six heures, les ouvriers avaient fini leur journée et il ne restait plus que deux pêcheurs, au bout de la jetée, qui lançaient leur ligne très loin dans les eaux du fleuve. Le Chauffeur bavarda quelque temps avec eux. Il revenait vers le bibliobus quand il aperçut la Volvo rose de Madeleine.

La femme descendit de l'auto, une pile de livres dans les bras, et sourit au Chauffeur qui venait vers elle.

— J'ai vu le bibliobus en rentrant de mes courses, dit-elle.

— Bonjour! dit-il. Un instant, je vais baisser la radio.

— Non, attendez...

C'était une chanson qu'elle connaissait, une chanson d'Alain Souchon, toute en nuances et en demi-teintes. Elle ferma les yeux et se mit à chantonner :

Quand j'serai K.O.
Descendu des plateaux d'phono
Poussé en bas
Par des plus beaux
Des plus forts que moi
Est-ce que tu m'aimeras encore
Dans cette petite mort ?

Quand la chanson fut terminée, le Chauffeur se hâta de débarrasser Madeleine des livres qu'elle portait. Il monta avec elle dans le bibliobus, posa les livres sur la table pliante et éteignit la radio. Ensuite il mit ses mains sur les hanches de la femme et, se haussant sur la pointe des pieds, il l'embrassa doucement sur les joues. Elle était très grande et elle avait un visage épanoui, de grands yeux bleus et des cheveux blonds noués en un chignon sur la nuque.

— J'arrive très tard, dit-elle. Excusez-moi.

— Vous êtes la bienvenue, dit-il.

— Merci.

— Comment avez-vous trouvé les livres ?

— Très bons. Ils ont plu à tout le monde, dit-elle en souriant.

Elle faisait de grands gestes en parlant, et la bibliothèque semblait avoir rapetissé.

— Est-ce que tout le monde va bien ? demanda-t-il d'une voix inquiète.

— Non, dit-elle, et son sourire se figea. Georges ne va pas très bien.

— C'est grave ?

— Il est à l'hôpital.

Georges était le plus âgé des membres du réseau. Bien qu'il ne l'eût jamais rencontré, le Chauffeur avait si souvent entendu parler de lui qu'il en était venu à le considérer comme un ami. C'était un vétéran de la dernière Guerre mondiale, il avait été blessé et souffrait d'asthme. Sa respiration était de plus en plus difficile et, de surcroît, la cortisone qu'il devait prendre tous les jours avait fini par détraquer son système digestif.

Sans être primordiale, la position de Georges dans le réseau était importante : cinq autres lecteurs venaient après lui.

— Ne perdez pas confiance, dit-elle. Il en a vu d'autres, le vieux Georges. Il va certainement s'en tirer. Pour l'instant, c'est sa fille qui s'occupe des livres. Elle s'appelle Louise.

— Bien sûr, dit-il.

Il avait de l'admiration pour Madeleine. Non seulement elle était de ces femmes qui trouvent une solution à tout, mais encore elle possédait une expérience plus vaste que la sienne dans le domaine de la lecture. Elle avait lu un grand nombre d'auteurs peu connus, dont on ne parlait pas dans les magazines littéraires, et qui venaient de régions aussi diverses que l'Afrique du Sud, l'Islande, l'Australie, l'Europe de l'Est.

Par exemple, Tchinguiz Aïtmatov. Elle connaissait depuis longtemps cet écrivain de la Kirghizie, un pays qui avait fait partie de l'U.R.S.S. et se situait au nord-ouest de la Chine, sur l'ancienne route de la soie. Elle lui avait fait lire *Djamilia,*

Il fut un blanc navire, Souris bleue, donne-moi de l'eau, et il était tombé amoureux de tous les livres de cet auteur, dont il avait pourtant ignoré l'existence jusque-là.

— Merci pour les renseignements sur le vieux Georges, dit-il.

Elle inclina la tête et son sourire réapparut.

— Je vous devais bien ça, dit-elle. N'est-ce pas vous qui m'avez appris que tous les lecteurs sont importants, même ceux qui sont les derniers en bout de ligne?

— Je ne m'en souviens pas, dit-il, souriant à son tour.

Elle parlait toujours de la *ligne* ou de la *chaîne*. Pour sa part, il préférait le mot *réseau*, mais il ne l'employait jamais devant elle ni devant aucune autre personne. C'était un mot qu'il gardait pour lui, un mot qui évoquait la Résistance et l'époque de l'occupation allemande qu'il n'avait connue que par le cinéma et aussi par un livre de Vercors, *Le Silence de la mer.*

— Puis-je vous offrir quelque chose à boire? demanda-t-il. Un verre de vin, peut-être. Un petit rosé?...

— Ah oui! dit-elle. Merci.

Ayant fait glisser l'étagère du coin-cuisine, il servit le rosé puis, son verre à la main, il alla s'asseoir dans l'encadrement des portes arrière. Madeleine avait commencé à choisir de nouveaux livres, et c'était un plaisir de voir à quel point elle était à l'aise dans la bibliothèque. Elle prenait les livres dans ses mains, les feuilletait, les caressait, leur parlait et humait leur odeur. Enveloppée par la douce lumière que le soleil répandait en déclinant derrière le village, elle tournait sur elle-même, fouillant dans tous les rayons, s'arrêtant cinq petites secondes pour boire son rosé.

Pendant qu'elle choisissait, il se rendit dans la cabine et ouvrit son cahier noir à la page du réseau de Saint-Irénée. Pour faciliter la tâche à celui qui allait faire les tournées à sa place, il écrivit le nom de Louise, entre parenthèses, au-dessus de celui de Georges, puis il nota au bas de la page tous les renseignements que Madeleine lui avait fournis sur la nouvelle lectrice. Ensuite il remit le cahier dans le coffre à gants.

En revenant dans la bibliothèque, il vit que Madeleine prenait le dernier roman de Jack. Elle prit aussi un recueil de nouvelles de Raymond Carver, *Les trois roses jaunes*; un John Fante, *Demande à la poussière*; un Louis Gauthier, *Voyage en Irlande avec un parapluie*; un Philippe Djian, *Échine*; un Pierre Morency, *L'Œil américain*; un Francine Noël, *Maryse*; plusieurs romans écrits par des auteurs débutants et deux livres pour enfants, parus à La Courte Échelle.

— Il faut que je m'arrête, dit-elle.

— Comme vous voulez, dit-il. Il n'y a pas de limites.

— Quelqu'un me demande des recettes de cuisine... Je peux prendre les recettes chinoises?

— Mais oui, dit-il en souriant.

— Et je voudrais aussi un manuscrit. Ça fait une éternité que je n'ai pas lu un manuscrit.

— Bien sûr, dit-il.

Il vida son verre et se leva pour aller ouvrir le coffre aux manuscrits refusés, qui se trouvait dans la cabine, derrière le siège de droite. Il prit garde de ne pas se tromper : l'autre coffre, celui de gauche, ne renfermait pas que les outils du camion ; il contenait aussi un tuyau flexible en matière ignifuge dont la longueur était suffisante pour relier le pot d'échappement à la glace de la portière du conducteur.

11

UN BON CAFÉ, À LA MALBAIE

Deux jours plus tard, le Chauffeur rattrapa Marie et les gens de la fanfare à La Malbaie. Il n'eut aucun mal à les trouver : cette fois encore, ils s'étaient installés dans la cour de l'église.

Le soir venu, ils donnèrent un spectacle.

Pour commencer, Mélodie chanta une chanson simple et naïve qui s'appelait *Les Amants de la Saint-Jean*. Elle n'était accompagnée que d'un accordéon. Les spectateurs applaudirent mais avec retenue, comme s'ils ne voulaient pas déranger. Cependant, à l'éclat de leurs yeux, au sourire qui éclairait les visages, on devinait qu'ils étaient émus.

Les musiciens s'étaient placés devant un chêne dépourvu de branches basses, si bien qu'en regardant le spectacle, les gens pouvaient contempler le fleuve derrière eux. Parmi les spectateurs se trouvait Madeleine, venue de Saint-Irénée avec un groupe d'enfants. Heureux de la revoir, le Chauffeur s'était assis auprès d'elle sur un sac de couchage déroulé dans l'herbe. Marie se tenait comme d'habitude au premier rang, où elle assurait discrètement la bonne marche du spectacle. Comme l'air du fleuve était un peu frais, il lui avait prêté une longue écharpe de laine qu'elle avait enroulée autour de son cou en faisant deux tours.

Après la chanteuse vint le numéro des jongleurs, que la fanfare accompagna en sourdine. C'était le même spectacle que les autres fois, mais ce soir-là, leurs gestes étaient si précis, si réguliers qu'ils paraissaient se faire sans effort et donnaient même l'impression d'être exécutés au ralenti. Et, lorsque tous les quatre effectuaient des échanges en croisé, il y avait de la magie dans la façon dont les quilles virevoltaient dans l'air avec un léger sifflement et se frôlaient sans jamais se toucher.

Ensuite s'avancèrent l'homme et la femme qui faisaient des tours avec le chien noir. L'homme sortit de sa poche un harmonica et se mit à jouer un air qui avait été populaire autrefois, *Combien pour ce chien dans la vitrine?* D'une voix limpide, la femme chanta tous les couplets et, au refrain, le chien ponctua chaque phrase en aboyant deux fois, ce qui fit beaucoup rire les enfants, puis les parents. Dès lors, le spectacle prit une allure familiale et intimiste. Ils firent une pyramide à trois, la femme grimpant à quatre pattes sur le dos de l'homme, et le chien sur le dos de la femme. À la fin, l'homme dansa à la corde pendant que la fanfare jouait un air entraînant, et le chien commença de lui-même à danser avec lui. Ce qu'ils faisaient, tous les trois, était drôle et léger, plein d'un humour bon enfant. Même le chien noir, avec ses yeux dorés qui luisaient par moments sous une touffe de poils ébouriffés, n'avait pas l'air de se prendre au sérieux: ce n'était pas un animal de cirque, mais plutôt un chien intelligent, remuant et quelque peu indiscipliné.

On était arrivé au clou du spectacle. Slim avait préparé son matériel : il avait disposé sur le sol tous ses articles de jongleur, il avait imprégné ses torches de pétrole, il avait vérifié la rigidité du câble, tendu entre le chêne et un poteau de métal. Maintenant il était assis par terre, immobile, les yeux fermés, les jambes repliées et les paumes tournées vers le haut. Il se concentrait ou il méditait. Ou encore, voyant le soleil à son déclin, peut-être attendait-il simplement la tombée de la nuit.

Lorsqu'il grimpa sur le câble et se mit à marcher, les bras en croix, la tête droite et les yeux fixés sur le fleuve, si large devant lui qu'on distinguait à peine l'autre rive, il parut tout à coup frêle et vulnérable. Mais à la fin, quand il jongla avec des couteaux et des torches enflammées, tout en gardant son équilibre, il était comme un magicien qui traçait des lettres de feu dans le ciel noir.

Bien que le spectacle fût terminé depuis un moment, les gens tardaient à partir. Certains examinaient les instruments de musique, d'autres parlaient avec la chanteuse ou jouaient avec le chien, d'autres encore aidaient Slim et les jongleurs à porter le matériel jusqu'au bus scolaire. Madeleine fut l'une des dernières personnes à s'en aller, emmenant dans sa Volvo les enfants de Saint-Irénée qui étaient venus avec elle. Avant de monter dans son auto, elle se retourna et fit un long signe d'adieu au Chauffeur ; à la manière dont les enfants se pressaient autour d'elle, on devinait qu'ils l'aimaient très fort.

Quand tout le monde fut parti et que le matériel eut été rangé, Marie vint trouver le Chauffeur :

— La recette a été bonne, dit-elle. On vous invite à manger au petit café qui n'est pas loin d'ici sur la route.

— C'était très agréable de vous revoir, dit-il, et le spectacle était magique... mais ce soir je n'ai pas très envie d'être au milieu d'un groupe. Il y a des idées sombres dans ma tête. Est-ce que vous comprenez ?

— Bien sûr.

— On se verra demain ?

— C'est entendu.

— Je vais manger un morceau dans le camion, ensuite j'irai me promener au bord du fleuve.

Elle lui caressa doucement le front en lui souhaitant bon appétit et bonne promenade, puis elle rejoignit les autres qui s'éloignaient à pied sur la route.

Il se prépara des spaghettis après avoir ouvert la lucarne du toit pour éviter que la vapeur n'endommage les livres. Pour dessert, il mangea des biscuits avec de la compote de pommes, et il se rendit aussitôt sur la grève. Il marchait depuis cinq minutes à peine, en direction du centre-ville, lorsqu'il fut enveloppé par une nappe de brouillard. Pendant quelque temps, il continua de marcher en guidant ses pas sur le varech abandonné par la dernière marée, mais bientôt l'air humide le pénétra et il remonta sur la route.

En voyant une cabine téléphonique sous un lampadaire, il eut brusquement envie de parler à Jack. Il fit pivoter la porte, mit une pièce et composa le numéro de son ami. À l'autre bout, il entendit sonner deux fois.

— Allô?... fit une voix.

C'était Rachel.

— Bonsoir, dit-il. C'est le Chauffeur.

— Bonsoir. Où es-tu?

— À La Malbaie. Est-ce que Jack est là?

— Non, il est sur la Côte-Nord. Il a laissé un mot disant qu'il allait à Baie-Comeau. Il voulait faire des recherches pour un roman.

— Est-ce qu'il t'a dit à quelle date il serait à Baie-Comeau?

— Non, il ne l'a pas dit. Tu le connais... J'ai trouvé son mot en rentrant de voyage.

— Je comprends, dit-il.

— Tu veux lui laisser un message?

— C'est pas la peine.

— D'accord. Comment se passe la tournée d'été?

— Très bien. Et avec les Indiens, comment ça va?

— Pas trop mal, dit-elle.

— Bon... Prends soin de toi!

— Toi aussi!

Il raccrocha et, frissonnant à cause de l'humidité, reprit sa promenade au bord de la route. Au bout de quelques minutes, il vit clignoter les néons bleus du café dont Marie lui avait parlé.

En poussant la porte, il fut assailli par la musique trop forte d'un juke-box, mais comme c'était

Good Luck Charm, une vieille chanson d'Elvis, il entra quand même. Toutes les banquettes étaient occupées par les gens de la fanfare. Il fit un vague signe de la main qui pouvait être interprété comme un salut à tout le monde, y compris à Marie, assise en face de Slim, et il s'installa au comptoir sur le premier tabouret.

La musique s'arrêta. Slim se leva et invita le Chauffeur à prendre sa place.

— Je ne veux pas vous déranger, dit le Chauffeur à voix basse.

— Vous ne dérangez pas, dit Slim en lui serrant la main. On avait terminé.

— Merci.

— On a parlé de l'avenir, dit Marie, qui était en train de replier une carte routière du Québec.

Slim leur tourna le dos et alla s'asseoir à une autre banquette où étaient attablés Mélodie et l'homme et la femme qui s'occupaient du chien noir.

— Alors... cette promenade? demanda Marie.

— C'était un peu froid à cause du brouillard, dit-il en frottant ses mains l'une contre l'autre.

Elle mit ses mains autour des siennes pour les réchauffer, puis les retira quand la serveuse vint prendre les commandes. Ils demandèrent des chocolats chauds. Ils parlèrent de choses et d'autres jusqu'à ce que la serveuse eût apporté les deux tasses fumantes. Le chocolat était très bon, alors le Chauffeur, qui d'habitude ne parlait pas beaucoup, entreprit de raconter le voyage qu'il avait fait en France autrefois. Il avait acheté un vieux camion, dans lequel il avait vécu à trois endroits différents : Paris, Tournon sur le Rhône et le Verdon, à l'embouchure de la Gironde.

— Avez-vous aimé Paris ? demanda-t-elle.

— Beaucoup. Je me suis senti chez moi parce que j'avais lu le livre d'Hemingway, *Paris est une fête*. Avez-vous lu ça ?

— Bien sûr, dit-elle.

Il secoua la tête en riant tout bas.

— Je peux vous dire quelque chose ? demanda-t-il.

— Mais oui.

— Vous parlez comme moi. Vous dites « bien sûr »... « mais oui ». Et vous avez lu les mêmes livres que moi... Comment se fait-il que nous soyons à ce point semblables, vous et moi ?

— J'en sais rien, dit-elle en souriant. Il vit s'allumer une petite lueur au fond de ses yeux gris-bleu.

— Bon, je ne sais plus ce que je disais, dit-il.

— Vous parliez d'Hemingway et de Paris.

— Ah oui... En arrivant à Paris, je me suis rendu aux endroits où Hemingway avait vécu. Je prenais son livre et je suivais le même chemin que lui : je remontais la rue du Cardinal-Lemoine jusqu'à la Contrescarpe, je traversais la place du Panthéon, je marchais un peu sur le boulevard Saint-Michel, puis j'obliquais vers la petite rue de l'Odéon pour entrer comme lui à la librairie Shakespeare and Company. Et... vous savez quoi ?

— Quoi ? fit Marie.

— Eh bien, tous ces endroits, en particulier la place de la Contrescarpe, étaient encore plus beaux que dans mes rêves. Je veux dire, à force de lire *Paris est une fête*, j'avais la tête pleine de belles images, mais finalement la réalité dépassait de loin tout ce que j'avais imaginé. La seule exception, c'était la librairie Shakespeare and Company...

— Elle était moins belle?

— Non, elle avait été déménagée. Elle n'était plus dans la rue de l'Odéon. Après l'avoir cherchée longtemps, j'ai fini par la trouver sur les quais, rue de la Bûcherie, en face de Notre-Dame. J'ai pris une photo. La nuit tombait et...

— C'est la photo qu'on voit dans le bibliobus, au-dessus de l'évier?

— Oui.

— Je l'aime beaucoup, dit-elle. La nuit est bleue et, comme la librairie est illuminée de l'intérieur, on a l'impression que cette lumière dorée vient des livres... que ce sont les livres eux-mêmes qui font jaillir la lumière.

— C'est exactement ce que je voulais dire, et je l'aurais dit avec les mêmes mots. Je le jure.

— Je vous crois, dit-elle en mettant la main sur son cœur.

Ils burent une grande gorgée de chocolat chaud avant qu'il ne refroidisse, puis ils restèrent un long moment silencieux, se regardant d'un air intimidé. Finalement, il demanda :

— Savez-vous à quoi je pense?

— Non, dit-elle.

— Je pense à un autre chapitre du livre d'Hemingway, le chapitre qui s'intitule «Un bon café, sur la place Saint-Michel». L'auteur est dans un café, il écrit une histoire en buvant du rhum Saint-James pour se réchauffer. Une jeune fille est assise dans un coin. Il la trouve belle, il continue d'écrire son histoire et il se sent bien... Vous vous rappelez?

— Bien sûr.

— Maintenant, c'est comme si on était tous les deux dans le livre d'Hemingway, dit-il.

Elle hocha la tête pour marquer son assentiment et ils burent ensemble ce qui leur restait de chocolat, et même la dernière gorgée, qui est toujours un peu amère.

12

PORT-AU-PERSIL

Il roulait vers Port-au-Persil. Marie était avec lui, mais elle ne devait pas l'accompagner jusque là : il avait été convenu que le bibliobus s'arrêterait à l'embranchement de la route menant au village et que, à cet endroit, elle reprendrait le bus scolaire, car ses amis de la fanfare voulaient se rendre à Tadoussac où avaient lieu des excursions en bateau pour voir les baleines.

À cause du brouillard matinal qui refusait de se lever, ils ne voyaient pas le fleuve, mais ils apercevaient les taches mauves que les épilobes répandaient au bord de la route, dans les champs et les fossés. En consultant la *Flore laurentienne*, que Marie venait de découvrir, ils avaient appris que ces fleurs étaient plus précisément de couleur magenta.

Marie tenait le livre du frère Marie-Victorin sur ses genoux et tournait les pages, regardant les illustrations, lisant des phrases au hasard.

— C'est beau et bien écrit, dit-elle. Est-ce qu'on peut lire autre chose de lui?

— Oui, dit-il. J'ai lu un texte qui parle de la Côte-Nord. C'est dans le livre d'un auteur qui s'appelle... Attendez un peu, le livre s'intitule...

Mais il eut beau fouiller dans sa mémoire, il ne put se souvenir ni du titre ni du nom de l'auteur. Cela lui arrivait de plus en plus souvent et le rendait impatient.

— Le livre est dans la bibliothèque, dit-il. Prenez donc ma place au volant, je vais le chercher.

Elle se dépêcha de poser sa *Flore laurentienne* et de mettre la main sur le volant, car il avait déjà quitté sa place pour entrer dans la bibliothèque. Sans perdre son calme, elle s'assit et appuya sur l'accélérateur, tout en corrigeant d'un coup de volant une légère embardée du camion. Heureusement, la route était à peu près droite. Inconscient du danger, il revenait fièrement avec le livre; c'était *La Côte-Nord dans la littérature,* de Mgr René Bélanger.

— Écoutez ça si c'est beau, dit-il.

S'étant assis, il se mit à lire, très lentement:

La puissante musculature de la planète, écorchée, mise à nu par l'action patiente des siècles sans nombre; un front de granit rose barré seulement du sourcil grisâtre des lichens, front têtu contre qui la mer froide et bleue amène du large, inlassablement, des légions de béliers blancs; un ciel admirablement lumineux où règnent les brises froides de l'Atlantique ou les vents de terre chargés des âpres parfums de la toundra arctique; la symphonie étourdissante et suraiguë des myriades d'oiseaux qui becquètent avidement l'inépuisable vivier de la mer et regagnent d'un vol oblique leur corniche de roc; enfin, derrière l'horizon bas, un désert sans fin, sans relief, qui fuit vers le nord vide: ce sont bien là, semble-t-il, les lignes maîtresses de l'image de la Côte-Nord telle qu'elle apparaît au voyageur qui, monté sur une petite barque de pêcheur, suit de près, durant de longs jours, cet interminable rivage.

— C'est très beau, reconnut Marie. Ça donne envie d'y aller.

— Vous y serez bientôt : on peut dire que la Côte-Nord commence à Tadoussac.

Il déposa le livre sur le tableau de bord avec la *Flore* et, sans raison apparente, il se renferma en lui-même, brusquement silencieux et mélancolique. Marie s'en aperçut :

— Vous ne lisez plus ?

— J'en ai plus envie.

— Voulez-vous reprendre le volant ?

— Non.

— Voulez-vous que je vous raconte quelque chose ?

— Oui.

— Je vous raconte les débuts de la fanfare, d'accord ?

— D'accord.

Marie conduisait très bien. À certains endroits, la 138 était sinueuse et accidentée, mais elle se servait adroitement du levier de vitesses dans les courbes et les côtes, et elle était parfaitement capable de raconter tout en conduisant, et même de jeter un coup d'œil au fleuve quand la route épousait les découpures du rivage.

Dans la région de Tournon, où elle habitait, tout avait commencé lorsqu'une dizaine de vieux amis (un ébéniste, un luthier, un photographe, une musicienne, un plombier, une architecte, un mécanicien...) s'étaient mis à regretter que l'argent ait pris la première place dans leur vie. Autour d'eux, les gens ne se souciaient plus que des questions financières, et eux-mêmes, sans y prendre garde, étaient tombés dans le même travers.

Pour réagir, ils avaient constitué la fanfare. Ceux qui jouaient d'un instrument en avaient enseigné les rudiments aux autres. Ils se réunissaient toutes les fins de semaine pour faire de la musique. Au cours d'une soirée, ils avaient rencontré Slim, qui par la suite s'était joint à eux et avait communiqué à quelques-uns son goût de la jonglerie. Arrivée la dernière, Mélodie avait donné un nouvel élan au groupe.

— Et vous? demanda-t-il. Vous oubliez de parler de vous...

— Moi? Je ne faisais rien de spécial. Je ne jouais même pas d'un instrument, sauf des castagnettes et du tambour de basque...

— Du quoi?

— Du tambour de basque. C'est comme un cerceau de bois avec des petits grelots tout autour. On dit aussi des tambourins.

— Ah oui. Mais comment êtes-vous devenue la directrice du groupe?

Marie réduisit la vitesse du bibliobus pour traverser un village perdu dans le brouillard qui s'appelait Saint-Fidèle.

— Je ne suis pas vraiment la directrice. Mais j'ai une maison avec une grande pièce de séjour, alors ils ont pris l'habitude de venir jouer chez moi. Petit à petit, je me suis occupée de l'organisation matérielle. Il fallait bien que quelqu'un s'en occupe, surtout quand ils se sont mis à faire des tournées.

— Et les chats, ils n'avaient pas peur quand vous faisiez de la musique?

— Oui, dit-elle, ils grimpaient à l'échelle et se cachaient au fond de la remise, mais peu à peu ils se sont habitués.

— Excusez-moi, dit-il. Vous parliez des tournées...

— Oui. Au début, on allait jouer dans les communes des alentours, puis on a pris de l'assurance et un jour on s'est offert un vieil autobus, assez semblable au bus scolaire mais plus petit et de couleur verte. On l'a arrangé et décoré, et on est allés jouer dans plusieurs pays: la Hollande, la Belgique, la Suisse, l'Italie, l'Espagne...

— Ça veut dire que les musiciens avaient quitté leur travail?

— Bien sûr.

— Vous ausi?

— Pour moi, c'est différent. Quand on part en voyage, j'emporte toujours un carnet et des crayons: ça me permet de faire des esquisses. Cette fois-ci, j'ai même pris des jumelles avec un trépied. Je vais bientôt m'en servir... il ne faut pas que je sois trop rouillée pour mon retour en France au début de septembre, puisque j'ai un contrat qui m'attend.

— Un contrat? reprit-il, d'une voix qui malgré lui n'était pas très assurée.

— C'est pas un contrat signé, mais un projet de contrat avec un magazine.

— Êtes-vous... très connue? demanda-t-il en cherchant ses mots.

— Non, dit-elle en riant. Je suis connue de quelques personnes qui aiment beaucoup les oiseaux.

— Et ça vous suffit?

— Oui. Et vous?

— Quoi? fit-il.

— Êtes-vous connu?

— Non. Seulement des gens qui aiment beaucoup les livres.

— Ça vous convient?

Il haussa les épaules, essayant de réfléchir. Un panneau annonçait que Port-au-Persil était tout près.

— Ce qui me conviendrait, dit-il, ce serait... que le temps s'arrête.

Elle tendit la main vers lui, mais ils arrivaient déjà à la route menant au village. Tout de suite elle tourna à droite, immobilisa le camion un peu plus loin, à moitié sur l'accotement, et elle mit les clignotants à cause du brouillard.

— J'espère que le brouillard va se lever, dit-elle, sinon on ne pourra pas aller voir les baleines. Mais je ne suis pas très sûre d'avoir envie de les voir : après tout, c'est peut-être mieux de les laisser tranquilles.

— Vous croyez?

— Je crois que j'aimerais mieux rester avec vous.

— Vous pouvez rester si vous en avez envie.

— Mais je ne peux pas toujours abandonner les autres, vous comprenez?

— Bien sûr... Tiens, il y a un peu de vent à présent, je vois bouger les feuilles des arbres.

Un bruit de moteur sur la 138 les fit se retourner. Ce n'était pas le bus, mais un énorme camion chargé de gravier. Ils écoutèrent le bruit assourdissant, qui se prolongea un moment avant de s'éteindre, puis le Chauffeur se demanda à voix haute s'il avait le temps de faire du café. Il hésita et, à l'instant précis où il se levait pour faire bouillir de l'eau, le bus jaune arriva et s'arrêta tous feux clignotants sur la grande route, juste après l'embranchement.

Marie se hâta de sortir.

— Au revoir! dit-elle.

— Au revoir! Bonne chance avec les baleines!

— Bonne chance avec les lecteurs!

Il la suivit anxieusement des yeux. Elle lui fit un signe de la main en montant dans le bus, qui s'éloigna aussitôt. Avant de repartir, le Chauffeur descendit et regarda sous le camion. Il n'y avait pas de chats. Il s'installa au volant, fit démarrer le véhicule et entra lentement dans Port-au-Persil. Sous la brume qui s'effilochait en cette fin de matinée, les habitants se livraient tranquillement à leurs tâches quotidiennes; un homme qui réparait le toit de sa maison le salua en le voyant passer. Après un arrêt à l'épicerie pour refaire ses provisions, il prit la route étroite et tortueuse qui conduisait au quai.

Ce n'était qu'un bout de quai s'avançant modestement au milieu d'une petite baie, mais l'endroit était si reposant que le Chauffeur avait toujours hâte d'y revenir. En arrivant, il vit un peintre qui avait dressé son chevalet sur la gauche, alors il gara le bibliobus de l'autre côté, le plus loin possible de l'artiste. Il ouvrit les deux portes arrière pour attendre son chef de réseau ou tout autre lecteur.

Comme le brouillard se dissipait, il aperçut à droite du quai un voilier et quelques barques se balançant dans l'eau verte, et à gauche un paysage de rochers roses avec, à l'arrière-plan, une maison blanche en bois et une petite chapelle; c'était ce paysage qui était reproduit sur la toile de l'artiste.

Le peintre était un vieil homme au teint basané. Craignant de nuire à sa concentration, le Chauffeur n'osa pas descendre, mais il vit par une fenêtre qu'il travaillait à l'aquarelle et que sa main tremblait. Il décida de faire comme si Marie était là et il engagea une conversation avec elle.

«Regardez, dit-il. Un de vos collègues... Aimez-vous ce qu'il fait?

«Il travaille bien. Surtout les rochers: c'est très difficile à faire.

«Ah oui?

«Parce que les formes sont variées et imprécises.

«C'est vrai. Alors la maison blanche et la petite chapelle, c'est plus facile?

«Bien sûr. Regardez comme les toits se découpent nettement sur le bleu du ciel.»

C'était vraiment comme si Marie était avec lui dans le camion. Ils parlaient à voix basse pour ne pas déranger le peintre.

«J'espère que mon chef de réseau n'arrivera pas tout de suite. Sa vieille mobylette fait beaucoup de bruit.

«Qu'est-ce qu'il fait dans la vie?

«C'est un menuisier.

«Et le réseau fonctionne bien?

«Oui, il est très stable. Il ne comprend pas beaucoup de monde, seulement onze personnes, mais ce sont des lecteurs très fidèles.»

Cependant, le peintre avait terminé sa toile. Il nettoyait ses pinceaux, repliait son chevalet et rangeait ses affaires dans un grand sac de couleur kaki. Le Chauffeur descendit du camion pour aller le saluer. Le tableau était posé contre une poutre de bois qui servait de garde-fou.

— Félicitations! dit le Chauffeur. Vous avez bien travaillé.

— Oh! fit le peintre, c'est une petite chose de rien.

— C'est quand même bien fait, avec la brume et tout.

— Merci.

Le vieux mit son sac en bandoulière.

— Je vais revenir plus tard, dit-il. J'ai quelque chose pour vous.

Sans en dire plus, il s'éloigna lentement à pied, tenant son tableau par le haut du cadre.

Le Chauffeur sortit son cahier noir du coffre à gants et alla s'installer sur le quai pour revoir en détail le réseau de Port-au-Persil. La brume avait disparu, le soleil était bon et chaud. Il étudia ses notes pendant un bon moment, puis il sentit qu'il avait un creux à l'estomac. Sa montre indiquait midi et demie. Comme il n'y avait pas de lecteurs, il décida de se préparer un sandwich au jambon avec le pain aux raisins qu'il venait d'acheter. Il but d'abord un jus de légumes et il était en train de faire dorer deux tranches de pain sur le grille-pain de camping, lorsqu'il entendit des pas sur le quai. C'étaient un garçon et une fille, en survête-ments multicolores, qui arrivaient à pied, se tenant par la main.

Il ne les connaissait pas et leur apparence ne correspondait à aucun des membres du réseau dé-crits dans le cahier noir. Sans doute faisaient-ils partie de cette catégorie que, dans son esprit, il appelait les lecteurs solitaires.

Ils s'approchèrent.

— On peut avoir des livres? demanda la fille.

— Mais oui, dit-il. Juste une seconde.

Âgés de seize ou dix-sept ans, ils avaient tous deux de longs cheveux blonds auréolés de lumière. Ils étaient incroyablement beaux. Le Chauffeur prit les deux tranches de pain et, même si elles n'étaient dorées que d'un côté, il les beurra et mit une tranche de jambon entre les deux; le jambon débordait de partout, mais il n'avait pas le temps de s'en occuper. Il sortit du frigo une canette de Canada Dry, entassa la vaisselle sale dans l'évier et remit l'étagère en place de manière à cacher le coin-cuisine.

— Voilà, dit-il, je vous laisse choisir, et il descendit du camion avec son sandwich encore chaud et sa canette. Pour éviter de les déranger, il alla s'asseoir au bout du quai.

Il mangea de bon appétit en regardant passer les bateaux et en lançant des morceaux de pain aux goélands qui planaient au-dessus de sa tête. Il venait juste de terminer son lunch quand les jeunes gens vinrent le trouver pour lui montrer les livres qu'ils avaient choisis. Deux ouvrages très sérieux : *Patience dans l'azur* d'Hubert Reeves et *Option Québec* de René Lévesque. Ils voulaient savoir comment les rendre à la bibliothèque après les avoir lus. Le Chauffeur leur expliqua qu'ils n'avaient qu'à les faire parvenir au ministère, à Québec. Il leur offrit quelque chose à boire, mais ils étaient pressés et ils s'en retournèrent avec leurs livres, se tenant toujours par la main. Bientôt ils ne furent plus qu'une tache de couleur vive disparaissant et réapparaissant sur la route sinueuse du quai.

Au cours de l'après-midi, le Chauffeur reçut la visite de plusieurs autres lecteurs solitaires; certains venaient du village, d'autres étaient des touristes. S'il aimait un peu moins ces derniers, il s'efforçait de recevoir tout le monde avec une égale courtoisie. Le chef de réseau, qui n'avait pas beaucoup de travail à son atelier de menuiserie, arriva vers trois heures sur sa mobylette pétaradante. Il fit des commentaires élogieux sur les livres qu'il rapportait. En posant des questions détournées, le Chauffeur apprit que le petit réseau se portait bien. Il laissa le menuisier choisir de nouveaux livres et but une bière avec lui. Il tenait à s'acquitter de son travail aussi bien que de coutume et à ne rien laisser voir de ses préoccupations.

En fin d'après-midi, au moment où le temps commençait à ralentir, il était assis tout seul à l'arrière du camion quand il vit arriver le vieux qui avait peint une aquarelle. Il avait les bras chargés de livres.

— Re-bonjour, dit le Chauffeur.

— Je vous apporte ça, dit le peintre.

Il s'approcha et posa la pile de livres sur le plancher du camion. Du premier coup d'œil, le Chauffeur vit plusieurs titres qu'il connaissait.

— Vous me les prêtez? demanda-t-il.

— Non, je vous les donne. J'en ai plus besoin.

— Mais... vous êtes sûr?

— Oui. Je suis malade... et je n'ai pas d'enfants.

Le Chauffeur examina les livres un à un. C'était à peine croyable : les livres qu'il avait sous les yeux étaient, à quelques exceptions près, ceux qui avaient enchanté et nourri sa jeunesse. Il y avait *Robinson Crusoé, Le Petit prince, Menaud, maître-draveur, L'Étranger dans la patrouille,* un exemplaire de *L'Encyclopédie de la jeunesse, Le Dernier des Mohicans, L'Île au trésor* et plusieurs autres livres dont une ancienne édition de la *Flore laurentienne.*

— Maintenant, il faut que je m'en aille, dit le peintre.

Le Chauffeur suivit longuement du regard l'homme qui s'en allait, l'air fatigué et le dos un peu courbé. Il paraissait si vieux... Et pourtant, d'après les livres qu'il avait laissés, il devait avoir à peu près le même âge que lui. Sous le coup de l'émotion, il renoua sa conversation avec Marie.

«Vous avez vu ça? demanda-t-il. Ce sont les mêmes livres que je lisais quand j'étais petit! Est-ce que j'ai l'air aussi vieux que cet homme-là?

«Mais non, dit-elle.

«Et il y a une *Flore laurentienne* en plus.

«Vous avez de la chance.

«Vous trouvez?... Alors je vous la donne. Elle est à vous.

«Merci beaucoup, dit-elle. Je ne peux pas imaginer un cadeau plus précieux. C'est comme si vous me donniez d'un coup toutes les fleurs du Québec.»

Il sourit un peu tristement, rangea les livres et retourna s'asseoir tout seul au bout du quai.

13

LA LUMIÈRE DES LIVRES

En arrivant à l'embouchure du Saguenay, il vit de loin que le bac était encore à quai ; il accéléra et le bibliobus eut juste le temps de monter à bord. Comme à chaque tournée, il salua les montagnes arrondies au pied desquelles débouchaient les eaux vives et noires de la rivière, et il écouta le moteur du bateau dont le bruit sourd et cadencé lui rappelait toujours le battement d'un cœur humain. Tout à coup, à mi-chemin de la traversée, en regardant vers Tadoussac, il aperçut le bus jaune dans le secteur du débarcadère, et son cœur à lui se mit à battre plus fort.

Sur l'autre rive, après avoir hésité un moment et tenté de voir si les musiciens étaient présents, il alla ranger le camion le long du bus scolaire. Marie était assise à une fenêtre, paraissant absorbée par un travail. Elle leva la tête et lui adressa un sourire qui était une invitation à entrer. Il respira : elle était seule.

— Je ferme la porte à cause des maringouins ? demanda-t-il en entrant.

Elle fit oui de la tête. En ce début d'août, il n'y avait pas beaucoup de maringouins, mais la fermeture de la porte à air comprimé du vieux bus constituait, pour le Chauffeur comme pour les membres de la fanfare, une source de grande satisfaction. Il s'installa donc sur le siège du conducteur et, saisissant d'une main ferme la poignée en métal qui actionnait le mécanisme de la porte en accordéon, il la ramena vers lui et la porte se referma en faisant entendre un *pouissh* caractéristique.

— Venez vous asseoir, dit Marie.

Penchée au-dessus d'un bloc de papier à lettres, elle avait des lunettes très fines aux verres légèrement cerclés de bleu qui accentuaient son air doux et grave. Il s'assit en face d'elle.

— Je vous dérange? fit-il.

— Mais non, j'ai terminé.

Elle écrivit encore quelques mots et signa son nom.

— Je suis un expert pour déchiffrer les écritures à l'envers, dit-il, et il lut à haute voix: «Je vous serre fort sur mon cœur.»

Elle détacha les feuillets, les plia et les glissa dans une enveloppe, puis elle écrivit l'adresse.

— J'écris à mes parents, dit-elle en cachetant l'enveloppe.

— Ah... vous avez encore vos parents?

— Oui.

Elle le regarda attentivement et il n'eut pas besoin d'expliquer que les siens n'étaient plus là. Elle lui offrit du café; il accepta et elle se leva pour pousser le rideau de la cuisine. Les gens de la fanfare avaient installé un système très simple de rideaux coulissant sur des tringles, qui partageait l'espace en plusieurs sections; il y avait la cuisine, la chambre et la salle de séjour.

Quand le café fut prêt, elle apporta les tasses dans la salle de séjour et les posa sur la table.

— Merci, dit-il. Et alors ces baleines, vous les avez vues?

— Oui, dit-elle. C'est très impressionnant. Les autres sont retournés les voir aujourd'hui. Ils espéraient voir une baleine bleue.

— Et vous n'êtes pas allée?

— J'avais des lettres à écrire. Et puis je... je ne voulais pas que vous trouviez l'autobus vide en arrivant.

— C'est vraiment très gentil, dit-il. Il but une longue gorgée de café. Votre café est meilleur que le mien!

Elle allongea la main pour lui toucher le bras, comme elle faisait souvent, et elle demanda:

— Est-ce que vous vous arrêtez à Tadoussac pour travailler?

— Non, dit-il. Je me rends aux Escoumins.

— Ce n'est pas bien loin, n'est-ce pas?

— C'est tout près, mais comme la route est difficile, je ne partirai pas très tard... Et vous?

— Nous, on reste encore un peu, ensuite on va jouer à Baie-Comeau.

— Oui?... J'y serai moi aussi! À chaque tournée, je m'arrête dans cette ville pour renouveler ma provision de livres: c'est à peu près la moitié du trajet... Et il se peut que Jack soit là.

— Alors on se verra peut-être... Voulez-vous manger quelque chose avant de partir?

— Je ne sais pas. Est-ce que vos amis doivent revenir bientôt?

— Pas tout de suite.

— Alors je vais prendre un biscuit ou deux.

Elle alla lui chercher un sac de biscuits LU dans la cuisine.

— Merci, dit-il. Je voudrais vous dire une chose, mais je ne trouve pas les mots.

— Prenez tout le temps qu'il vous faut, dit-elle.

Il mangea plusieurs biscuits en regardant le fleuve et les bateaux d'excursion qui allaient dans un sens et dans l'autre.

— Voilà, dit-il. Vous vous rappelez ce dont on a parlé une nuit, à l'île d'Orléans, quand on était en haut de la tour d'observation?

— Oui...

— Eh bien, je n'ai pas changé d'idée : la vieillesse ne m'intéresse toujours pas. Par contre, jamais je n'ai fait une aussi belle tournée et c'est sûrement à cause de vous. J'ai toujours hâte de vous voir. Quand vous n'êtes pas là, je pense à vous et je m'ennuie de vous; il m'arrive même de vous parler.

— C'est la même chose pour moi, dit-elle.

— Je me demande comment j'ai fait pour me passer de vous jusqu'à maintenant... Voilà ce que je voulais vous dire.

Ils se regardèrent quelques instants en silence, chacun étant heureux de ce qu'il voyait dans les yeux de l'autre. Ensuite il dit :

— Savez-vous à quoi il me fait penser, votre autobus, quand on est à l'intérieur?

— Non, dit-elle.

— Avec la série de fenêtres, il me fait penser à la galerie vitrée qu'il y avait chez nous, quand j'étais petit. C'est là que j'ai découvert les livres. C'était un endroit très spécial.

Il décrivit la longue galerie vitrée avec les rayons de bibliothèque à chaque bout, les fauteuils en rotin, le petit secrétaire et la série de fenêtres sous laquelle courait une tablette où l'on pouvait reposer ses pieds. Fermée en hiver, la galerie était réouverte au printemps, dès que le soleil était assez chaud. Il avait passé une partie de son enfance à lire dans cette pièce inondée de lumière, bien enfoncé dans un fauteuil, les pieds sur la tablette. Et avec le temps, comme le soleil l'avait éclairé et réchauffé pendant ses lectures, son esprit avait associé la lumière et les livres.

— C'est pourquoi je n'ai pas été surpris, plus tard, quand j'ai vu la librairie Shakespeare and Company, à Paris, un soir d'automne, avec la lumière dorée qui venait des livres et se répandait dans la nuit bleue. C'était la confirmation de ce que je savais depuis mon enfance. Vous comprenez?

— Oui, dit-elle.

— Je ne devrais pas vous le demander, vous comprenez toujours... Existe-t-il en ce monde une personne aussi gentille que vous?

Pour toute réponse, elle sourit. Ils restèrent encore une fois silencieux, regardant de temps en temps vers le fleuve pour voir si les musiciens revenaient de leur excursion. Brusquement, il vérifia l'heure et se leva :

— Il faut que je parte.

— Alors je vous souhaite bonne route, dit-elle. Faites attention, ne roulez pas trop vite.

— À Baie-Comeau, je vais vous chercher partout, dit-il.

Après avoir ouvert la porte à air comprimé, il descendit rapidement du bus. Un gros matou jaune prit la fuite quand il mit en marche le moteur du camion.

Quittant le bord du fleuve, la 138 grimpait dans les montagnes, dévalait des pentes, contournait le lac Long, le lac Croche et le lac à Gobert, puis elle remontait sur un plateau sablonneux et plongeait dans une vallée de terres cultivées ; elle rejoignait ensuite le fleuve et traversait deux rivières pour arriver enfin aux Escoumins.

Le Chauffeur installa le bibliobus à l'entrée du quai. C'était un endroit très fréquenté à cause du traversier menant à Trois-Pistoles, sur la rive sud. Les lecteurs furent en grande partie des touristes et des voyageurs. Avec ce genre de personnes, il savait qu'un certain nombre de livres ne seraient jamais retournés à Québec, mais ce n'était pas grave : sans cesse les livres se promenaient, voyageaient et c'était ce qui pouvait leur arriver de mieux. Et puis, pour compenser, il y avait toujours ces lecteurs inattendus, émouvants, qui venaient lui offrir leurs propres livres en cadeau...

Le chef de réseau n'arriva que le lendemain. C'était un pilote de bateaux, et il rentrait tout juste de son travail; il pilotait des navires de fort tonnage qui empruntaient le chenal du fleuve entre les Escoumins et Québec. Sa visite fut brève mais chaleureuse. Le Chauffeur obtint un petit renseignement qui le rassura sur la solidité du réseau : chaque fois que le pilote s'absentait pour son travail — ce qui arrivait souvent —, sa femme s'occupait des livres à sa place.

Après son départ, le Chauffeur reprit la route. Elle suivait au plus près le bord du fleuve et traversait une demi-douzaine de villages serrés les uns contre les autres. Il s'arrêta aux Îlets-Jérémie. Dans ce hameau, le réseau de lecteurs avait à sa tête une femme qui était maîtresse de poste. Elle arriva en fin d'après-midi, comme il s'y attendait, mais par la suite il n'y eut pas d'autres lecteurs. Il s'obligea à rester là une journée de plus, mais personne ne se présenta. Tôt le lendemain matin, il se mit en route pour Baie-Comeau, après avoir fait le plein d'essence.

14

LE CHEF-D'ŒUVRE IMMORTEL DE FENIMORE COOPER

À Baie-Comeau, il se rendit immédiatement à la bibliothèque, jetant des regards à gauche et à droite sur sa route pour essayer de voir le bus jaune ou encore le minibus Volkswagen de son ami Jack. Il ne vit ni l'un ni l'autre. Après avoir récupéré ses trois caisses de livres, il parcourut la ville en tous sens et, tout à coup, il aperçut le minibus de Jack garé dans la rue Puyjalon.

Le vieux Volks était facilement reconnaissable à sa couleur bleu nuit et à son toit surélevé dans lequel étaient aménagées des fenêtres en plexiglas. La carrosserie était rouillée et bosselée, et on voyait en plusieurs endroits des feuilles de tôle fixées avec des rivets. La lunette arrière était parsemée de vignettes attestant qu'il avait traversé l'Amérique, de Gaspé à San Francisco et à Key West, en passant par Yellowstone, Yosemite, Death Valley, Las Vegas et le Grand Canyon.

Comme les rideaux étaient tirés, le Chauffeur ne put voir si Jack était à l'intérieur du Volks. Il gara le camion et alla frapper à une fenêtre. Pas de réponse. Se rappelant que son ami se mettait souvent des boules dans les oreilles quand il écrivait, il frappa une seconde fois, plus fort, mais ce fut en vain. Aux alentours, il y avait une Caisse Populaire, un restaurant, une librairie et une épicerie : il visita tous ces endroits en commençant par la librairie, mais Jack n'était nulle part. Après lui avoir mis un mot sur son pare-brise, il alla l'attendre au restaurant.

La serveuse lui apporta un café qu'il but en parcourant un journal oublié sur le comptoir. Après cette lecture, il eut faim et commanda un grilled-cheese, une tarte au sucre avec de la crème glacée et un deuxième café. Sa montre indiquait deux heures de l'après-midi. Il se rendit aux toilettes et, en revenant, il entendit une chanson du hit-parade qui venait de derrière une porte fermée par un rideau de velours. Écartant une moitié du rideau, il vit une salle obscure où les tables formaient un demi-cercle autour d'une petite scène éclairée par un projecteur.

Au moment où il s'asseyait à la table la plus rapprochée, la chanson s'interrompit et fut remplacée par un air de guitare hawaïenne qui évoquait les mers du Sud. La lumière du projecteur tourna au rouge et une fille monta sur la scène. Elle laissa tomber sa cigarette, l'écrasa de son soulier doré à talon haut, puis elle se mit à danser et à retirer ses vêtements au rythme langoureux de la musique.

La strip-teaseuse ne dansait pas très bien, elle se dandinait assez maladroitement, mais elle avait quelque chose de très spécial : une opulente chevelure rousse qui flamboyait sous le feu du projecteur. Quand ses yeux furent habitués à la demi-obscurité, le Chauffeur regarda autour de lui. Une douzaine de spectateurs des deux sexes étaient répartis autour des tables et la plupart faisaient peu de cas de la fille; ils semblaient très occupés à se raconter des histoires drôles et à boire de la bière, et il y avait même un couple qui jouait aux dés.

Soudain, tandis qu'il suivait des yeux la fille qui se déplaçait vers un côté de la scène, il aperçut un homme assis tout seul à une table, dans la pénombre : c'était Jack. Ce dernier écrivait quelque chose dans un carnet et, de temps en temps, il levait la tête et souriait à la fille, qui lui rendait son sourire.

Sitôt le numéro terminé, il alla trouver son ami.

— Salut! lui dit-il. Comment ça va?

— Très bien, dit Jack, qui ne parut aucunement surpris de le voir et continua un moment d'écrire dans son carnet. Assieds-toi.

— Tu prends des notes? demanda le Chauffeur.

— Comme tu vois.

— Alors tu as commencé une histoire?

— Je n'ai pas commencé à l'écrire, mais elle est dans ma tête. C'est une petite chose de rien, quelque part dans un coin, elle va grandir doucement. Faut lui laisser le temps... En attendant, je fais un peu n'importe quoi.

— C'est Rachel qui m'a dit que tu serais à Baie-Comeau.

— Rachel? fit Jack. Comment va-t-elle?

Il se leva en repoussant sa chaise. Chaque fois qu'on prononçait le nom de sa femme devant lui, il devenait subitement inquiet. Il alla au fond de la salle pour téléphoner, puis il revint en souriant.

— Elle va très bien, dit-il.

Il vida son verre et s'épongea le front : il transpirait comme s'il venait d'échapper à une catastrophe. La serveuse s'approcha. C'était la fille à la magnifique chevelure rousse. Jack fit les présentations et expliqua en quoi consistait le travail du Chauffeur.

— Au fond, vous faites la même chose tous les deux, dit-elle.

— Comment ça? fit le Chauffeur.

— Mais oui, vous donnez des livres aux gens.

Jack et le Chauffeur se regardèrent, d'abord interdits, puis heureux.

— Vos cheveux sont vraiment très beaux, dit le Chauffeur. On dirait un grand feu dans une cheminée.

— Vous êtes gentil... Qu'est-ce que vous buvez?

— Une bière, dit Jack.

— Un café, dit le Chauffeur.

La serveuse s'éloigna.

— Et la tournée d'été, ça va? demanda Jack.

— Ça va très bien, dit le Chauffeur. Il y a une fanfare qui fait le même trajet que moi. Des musiciens, des jongleurs... Je les aime beaucoup. Surtout une femme... Elle s'appelle Marie.

— Ah oui?

— Entre cette femme et moi, il y a une ressemblance étrange. Nous avons le même âge et elle est comme mon double. On est presque des jumeaux. Et je suis très étonné de ce qui m'arrive : je pensais que mon cœur était endormi.

— La vie est plus forte que nous, dit Jack. Et puis, on a toute l'éternité pour dormir.

— Oh! tu sais, ce n'est pas aussi simple.

Jack écrivit quelques mots dans son carnet.

— Pourquoi? demanda-t-il.

Le Chauffeur essaya de s'expliquer, mais les mots lui firent défaut. Il avoua :

— Je ne peux pas le dire. Je ne trouve que des mots dénués de sens.

La serveuse revint et posa la bière et le café sur la table. Le Chauffeur régla l'addition pendant que Jack écrivait encore dans son carnet. La salle était trop sombre pour qu'il pût lire à l'envers : il n'y avait pas d'autre lumière que le feu rougeoyant du projecteur, qui attirait à lui la fumée des cigarettes. Il contempla un moment les volutes de fumée, puis il respira à fond et but une gorgée de café. Ensuite il dit :

— Ton dernier livre marche très bien. Plusieurs lecteurs l'ont emprunté.

— Ah oui? fit Jack. Eh bien! c'est tant pis pour eux!

— Pourquoi?

— Ce n'est pas le chef-d'œuvre immortel de Fenimore Cooper!

Le Chauffeur leva sa tasse de ses deux mains pour cacher un sourire : c'était la phrase préférée de Jack, celle qu'il énonçait après chaque roman, lorsque le moment était arrivé où, sentant bouger en lui des images et des sensations nouvelles, il commençait à détester le livre qu'il venait d'écrire et tous les livres qu'il avait écrits auparavant.

— Pourquoi ne lisent-ils pas John Fante? dit Jack en s'échauffant. De toute évidence, il y a plus de vie dans un seul livre de Fante que dans tous mes livres réunis. À côté de son écriture, la mienne est tellement démodée qu'elle a l'air de sortir du tombeau de Toutankhamon... Pourquoi ne lisent-ils pas Richard Ford?... Et les nouvelles de Carver?... Et le bon vieux Hemingway?... Et Gabrielle Roy?... Et Boris Vian?...

Sur cette lancée, il énuméra tous les auteurs qu'il aimait. La liste n'était pas très longue. Il s'en aperçut et dit avec un peu d'amertume :

— Comme tu vois, je n'aime pas grand-chose...

— Mais non, dit le Chauffeur. C'est tout simplement que tes goûts sont précis.

— Au fond, je n'aime pas la littérature.

— Tu crois?

— La seule chose que j'aime, c'est la phrase que je viens d'écrire dans mon carnet. Et demain matin, quand je la relirai, il est probable que je ne l'aimerai plus.

Là-dessus, il éclata de rire, d'une manière si communicative que le Chauffeur en fit autant. La serveuse rousse apporta une autre bière et un autre café sans qu'ils l'aient demandé et elle resta un moment à rire avec eux.

Mais ensuite, Jack se renferma peu à peu en lui-même et il devint impossible de lui parler. Le Chauffeur le quitta en recommandant à la serveuse de prendre soin de lui. Après avoir repris le mot qu'il avait laissé sur son pare-brise, il erra de nouveau en ville à la recherche du bus scolaire. Ne le trouvant pas, il fit ses courses au supermarché et puis, comme il avait l'habitude de le faire à certaines étapes de la tournée, il alla s'installer dans un camping pour prendre une douche et s'offrir un peu de bien-être.

Le camping se trouvait au bord d'un lac, sur la route menant aux barrages de la Manicouagan. Excité par les nombreuses tasses de café qu'il avait bues depuis le matin, le Chauffeur fit une lessive, rangea ses provisions, disposa sur les rayons tous les livres qu'on lui avait remis à la bibliothèque municipale, nettoya l'intérieur du camion et prit une douche. Après cette dépense d'énergie, il se sentit plus calme et un peu fatigué, et il alla s'asseoir sur la rive du lac. C'était un vendredi et le camping se remplissait graduellement.

Vers sept heures du soir, il retourna en ville. En passant dans la rue Puyjalon, il nota que le minibus de Jack était toujours garé en face du restaurant. Il prit des rues au hasard, fit de nombreux détours à cause des travaux de voirie, et il se retrouva près du centre commercial où il avait renouvelé ses provisions. Soudain il aperçut le bus scolaire dans le parc de stationnement, juste en face du supermarché.

En cherchant un endroit pour se garer, il vit que les gens de la fanfare étaient en pleine représentation. Ils s'étaient installés sur une petite place en demi-lune par laquelle étaient obligés de passer tous ceux qui empruntaient l'entrée principale des magasins. Comme d'habitude, Marie se trouvait parmi les spectateurs du premier rang et, même de loin, il put voir qu'elle s'amusait autant qu'eux. Sans quitter son camion, il regarda le spectacle, qui était toujours aussi drôle, simple et chaleureux. Autour de la fanfare, ce n'était pas la foule, mais il y avait un flot continu de gens qui arrivaient, restaient un moment et repartaient après avoir jeté un billet dans le chapeau haut de forme; la recette semblait bonne.

Après le spectacle, surmontant sa timidité, il alla saluer Marie et les musiciens. Ils étaient heureux. De plus en plus, ils s'attachaient à la Côte-Nord, à ses habitants et au fleuve, qui s'était élargi à tel point qu'on n'apercevait plus l'autre rive, sauf par temps exceptionnellement clair. Dans un musée, ils avaient appris des bribes d'histoire locale et ils étaient encore étonnés des exploits accomplis par Napoléon-Alexandre Comeau, celui qui avait donné son nom à la ville. Ils avaient été très impressionnés par les péripéties d'un sauvetage sur le fleuve que Comeau avait effectué pendant l'hiver de 1886. Slim, entouré de Marie et de Mélodie, et de trois ou quatre musiciens, se mit à raconter cette histoire au Chauffeur.

Un matin de janvier, Comeau faisait la chasse au phoque avec son frère aîné, en canot sur le fleuve, lorsqu'une tempête s'était levée. En revenant à terre, il avait aperçu tout à coup deux hommes dans un autre canot sur le point d'être emprisonné par les glaces. Sans hésiter, il s'était porté à leur secours, mais soudain les deux canots avaient été englués dans une masse informe d'eau et de glace...

— Comment s'appelle ce mélange d'eau et de glace qui empêche les canots d'avancer, mais qui n'est pas assez solide pour qu'on monte dessus? demanda Slim.

— Du *frésil*, dit le Chauffeur.

— Mais j'y pense, c'est peut-être une histoire que vous connaissez?

— Moi?... Euh! je ne suis pas sûr.

Devant l'enthousiasme montré par Slim et ses amis, le Chauffeur n'osa pas avouer qu'il avait lu le récit de ce sauvetage dans un livre d'Yves Thériault intitulé *Roi de la Côte Nord*. L'équilibriste raconta donc la suite de l'histoire.

Sur le fleuve, le vent était glacial et les quatre hommes avaient les mains et les pieds gelés. Après beaucoup d'efforts, ils étaient parvenus à hisser les deux canots sur un large bloc de glace et ils les avaient couchés sur le côté de manière à se protéger du vent. Dès lors, Comeau avait pris les choses en main. Avec sa carabine, il avait abattu des canards qui volaient au-dessus d'eux et il s'était servi de leurs plumes pour garnir les mitaines et les bottes de ceux qui avaient froid. Et puis, comme les marées et les courants n'avaient pas de secrets pour lui, il avait vite compris que leur seule chance de survie était de traverser le fleuve pour atteindre la rive sud. Alors les hommes s'étaient mis en route, avironnant de toutes leurs forces en eau libre, poussant et tirant les canots sur les glaces qu'ils rencontraient. Comeau leur avait indiqué la direction à suivre, il les avait nourris avec la viande des canards, il avait frotté leurs engelures, il les avait encouragés, si bien que, deux jours et deux nuits plus tard, exténués mais sains et saufs, ils avaient mis pied à terre sur la rive sud, à proximité de Sainte-Anne-des-Monts.

Rassemblés autour de Slim et du Chauffeur, les musiciens soufflaient sur leurs doigts et se tapaient dans le dos comme s'ils avaient eux-mêmes passé deux jours et deux nuits sur le fleuve en plein hiver. Finalement ils se séparèrent, chacun retournant à ses occupations. Le Chauffeur demeura avec Slim et les deux femmes pour essayer de savoir à quel moment il allait revoir Marie. Il apprit que le premier arrêt de la fanfare devait avoir lieu tout près de là, au bord de la rivière Mistassini, où se trouvait une grotte dans laquelle un ermite, à la suite d'une peine d'amour, avait passé plusieurs années avec deux chats pour seuls compagnons, vivant de chasse et de pêche et des produits d'un petit jardin. Puis le groupe comptait se rendre à Sept-Îles et à la réserve indienne de Maliotenam.

En mettant les choses au mieux, il ne pourrait pas revoir Marie avant quatre ou cinq jours, à Maliotenam. Il n'eut même pas la consolation de lui dire qu'il allait s'ennuyer d'elle, car Slim et Mélodie ne semblaient pas vouloir la laisser seule un instant.

15

LES FEMMES DE RIVIÈRE-PENTECÔTE

Une pluie fine se mit à tomber au moment où il arrivait à Baie-Trinité. D'humeur mélancolique, il eut envie de parler à sa sœur Julie. Il s'arrêta près d'une cabine téléphonique.

— Où es-tu? demanda Julie.

— À l'endroit où le fleuve est si large que les gens disent «la mer».

— À Pointe-des-Monts?

— Un peu plus loin, à Baie-Trinité.

— Et ça va?

— Comme ça.

— Qu'est-ce qui se passe?

— Rien. J'avais envie d'entendre ta voix.

Il y eut un bref silence.

— Quel temps fait-il sur la Côte-Nord? demanda-t-elle.

— Il pleut, dit-il. Et à Beauport?

— C'est pareil.

— Est-ce que tu vois toujours le pont de l'île par ta fenêtre?

— Bien sûr.

— Comment est-il?

— Il est toujours aussi beau et élégant.

— Merci, dit-il. Je t'embrasse.

— Moi aussi.

— Sur la joue et sur les yeux.

— Moi aussi, dit-elle, baissant la voix.

Il raccrocha. Au moment de remonter dans le camion, il vit un chat gris et blanc accroupi entre les roues arrière.

— Qu'est-ce que tu fais là? dit-il. Je viens à peine d'arriver!

Le chat disparut dans le fossé. Reprenant le volant, le Chauffeur alla garer le bibliobus sur le vieux quai. Ce n'était qu'une jetée à moitié démolie par les tempêtes, mais, dans chaque village, le quai était l'endroit où il préférait s'installer: il avait ainsi la certitude que le camion était bien en vue de tous les habitants.

Cependant, le chef de réseau n'habitait pas dans le village. Son travail de garde forestier l'obligeait à vivre plus au nord, dans une immense réserve faunique, et il passait le plus clair de son temps au sommet d'une tour où il scrutait la forêt d'épinettes à la recherche des premières fumées d'un incendie. Il était prévenu de l'arrivée du bibliobus par un radio amateur et, si les risques de feu n'étaient pas trop grands, il se rendait au village dans sa Range Rover.

Avec cette pluie, il allait certainement venir; il arriverait le soir ou le lendemain. Le Chauffeur ouvrit les deux portes arrière et installa sur celles-ci un auvent en polythène afin de protéger les livres pour enfants qui y étaient encastrés. Comme il n'avait rien mangé depuis le matin, il se fit une omelette au fromage et des rôties. Il terminait son repas quand il entendit un miaulement sous le camion. Il descendit et se courba pour regarder, à l'abri du polythène : c'était le chat gris et blanc aperçu en arrivant au village.

— Encore toi! fit-il. Aurais-tu faim, par hasard?

Il lui donna les restes de son omelette et remonta dans le camion. Dans l'après-midi, la pluie fut renforcée par un vent du large qui menaçait d'emporter le polythène. Il décida de fermer les portes, mais d'abord il fit entrer le chat en l'attirant avec un bol de lait.

— Fais comme chez toi, lui dit-il.

Le chat inspecta le camion puis revint à son bol de lait qu'il but les yeux mi-clos, en projetant des gouttes sur le plancher. Assis par terre à côté de lui, le dos contre les livres, le Chauffeur consulta son cahier noir. Le petit réseau de Baie-Trinité était récent et instable. Les livres ne circulaient pas bien, car les membres, qui comprenaient principalement un guide indien, un trappeur, une biologiste, un ingénieur, n'avaient guère l'occasion de se voir. En revanche, à cause du guide indien, les livres se retrouvaient parfois dans les bagages de touristes fortunés et voyageaient alors aux quatre coins de l'Amérique.

C'est précisément ce que lui raconta le garde forestier quand il arriva, le lendemain matin.

— Il en manque deux, dit-il en sortant les livres de sa Range Rover : un qui est parti pour la Louisiane, l'autre pour l'Oregon.

— C'est pas grave, dit le Chauffeur.

— Vous n'êtes pas fâché?

— Au contraire. Entrez... Voulez-vous du café?

La pluie s'était arrêtée. Le chat était reparti aux premières lueurs du jour.

— D'accord, dit le garde forestier, qui monta dans le bibliobus avec ses livres. Le Chauffeur lui versa du café. Une des choses qu'il aimait beaucoup chez cet homme, c'était que, contrairement à la plupart des lecteurs, il empruntait surtout des recueils de poésie. Il prenait aussi des livres sur la nature et des romans pour les membres du réseau, mais ses goûts le portaient vers la poésie québécoise.

C'était un petit homme nerveux, maigre comme un clou et précocement usé par les soucis. Il avait été très actif en politique, où il n'avait connu que des déboires, puis il avait tout quitté, non seulement son travail mais aussi sa femme et ses enfants, pour ce poste solitaire dans la forêt nordique. Il espérait que la nature allait guérir ses blessures physiques et morales, et, pour mettre toutes les chances de son côté, il comptait également ment sur la poésie.

Après le café, le garde forestier fit un choix de nouveaux livres, parmi lesquels il y avait les recueils de Chamberland, Brossard, Longchamps, Charron, Francœur, Théoret, Beaulieu, Daoust, Uguay, Delisle, Beausoleil, Miron, Desroches, Brault et Vanier.

— Cette fois, je pense que j'ai exagéré, dit-il. Est-ce qu'il y en a trop?

— Mais non, dit le Chauffeur, qui souriait pour le rassurer.

— Pourquoi riez-vous?

— Pour rien.

— En tout cas, je vais essayer de vous les rapporter tous, sans exception.

— D'accord, mais ne vous cassez pas trop la tête : les livres sont comme les chats, on ne peut pas toujours les garder.

— C'est vrai.

— À part ça, comment allez-vous?

— Pas mal. Je mange un peu plus. Mon estomac va mieux.

Quand il fut rassuré sur la bonne forme du garde forestier, le Chauffeur s'efforça d'obtenir des informations nouvelles sur les membres du réseau. Finalement, il demanda :

— Êtes-vous heureux?

Il posait souvent cette question, mais rares étaient les lecteurs qui répondaient directement.

— J'ai moins d'ennuis, répondit le garde forestier.

— Tant mieux, dit-il.

Le chef de réseau ne tarda pas à se retirer avec ses livres, et le Chauffeur resta seul sur le quai, attendant l'arrivée incertaine des lecteurs. Cependant, la pluie reprit et aucun visiteur ne se manifesta de toute la matinée, pas même le chat gris et blanc.

Dans l'après-midi, une embellie lui permit de réouvrir les portes arrière. Presque aussitôt, il vit arriver deux enfants, le plus jeune tenant l'autre par le coude, et il les reconnut malgré les cirés orange qui les couvraient entièrement: ils venaient à chaque tournée et prenaient des albums de contes ou de bandes dessinées. D'ailleurs, ils avaient tous deux sous le bras l'album qu'ils rapportaient.

Cette fois, les enfants choisirent *L'Espagnole et la Pékinoise* de Gabrielle Roy, et *Port-Minou*, l'album préféré du Chauffeur.

En fin de soirée, encore tout réconforté par cette visite, il reprit le volant et roula jusqu'à Rivière-Pentecôte, où il devait faire un dernier arrêt avant Sept-Îles.

À Rivière-Pentecôte, par exception, il n'installait pas le bibliobus sur le quai mais sur un promontoire où se dressaient l'église et, un peu plus loin, une chapelle dédiée à sainte Anne. De cette hauteur, il dominait un des paysages qu'il aimait le plus de toute la Côte-Nord — un de ceux qu'il gardait au fond de son cœur quand il revenait au Sud. C'était une pointe de terre herbeuse délicatement incurvée, contenue dans un écrin de sable, qui partageait, avant qu'elles ne se rejoignent, les eaux de la rivière Pentecôte et celles de la mer. Ce soir-là, toutefois, il faisait trop noir pour qu'il pût admirer le paysage. Il grignota deux ou trois biscuits et se coucha.

Le lendemain matin, il fut réveillé par le croassement des corneilles. Quand il regarda par la fenêtre, il eut l'impression que la pointe de terre s'était encore affinée, mais ce n'était sans doute que l'effet de la marée montante.

Dans ce secteur, le chef de réseau était une femme qui, tôt le matin, venait s'occuper de la chapelle. Elle pouvait arriver à tout instant, alors il mangea en vitesse. Il fut très étonné de ne pas la voir, elle qui était toujours fidèle aux rendez-vous. Ce fut en vain qu'il l'attendit tout l'après-midi, en accueillant des lecteurs du village et quelques touristes, et toute la soirée, qu'il passa sur un banc, le dos accoté au mur de la chapelle, à contempler la rivière qui mêlait ses eaux à celles de la marée baissante.

La femme ne se présenta pas non plus le lendemain matin. Ni l'après-midi. Obligé de partir, il décida de lui laisser des livres dans la petite chapelle. Il choisit des livres susceptibles de lui plaire et de convenir à son réseau, qui comprenait uniquement des femmes, et il alla les déposer sur un des prie-Dieu. Il revenait de la chapelle quand il la vit arriver, vêtue de bleu marine et tenant dans ses bras les livres de la tournée précédente.

Il se porta à sa rencontre.

— Bonjour, dit-il. On a bien failli se manquer.

— J'ai eu un deuil, dit-elle. C'est mon frère, celui qui habitait à Port-Cartier. Il a été enterré aujourd'hui.

— Ah!... fit-il, et il resta sans voix. Je... je partage votre peine, balbutia-t-il.

— Merci beaucoup.

La femme était essoufflée d'avoir monté la côte. Après avoir fait quelques pas avec elle en silence, il lui expliqua qu'il avait laissé des livres à son intention dans la chapelle.

— Je ne voulais pas que les femmes de Rivière-Pentecôte manquent de lecture, dit-il.

— Merci.

— Mais... puisque vous êtes là, vous préférez sans doute les choisir vous-même?

— Non, ce n'est pas nécessaire.

Ayant déposé dans le bibliobus les livres qu'elle rapportait, il la suivit dans l'étroit sentier qui montait vers la chapelle. Elle entra et se mit à genoux, mais il n'osa pas faire de même. Intimidé, il resta à l'extérieur et s'assit sur le banc où il avait pris place, le soir d'avant, pour regarder la rivière se glisser dans la mer.

Il attendit longtemps. Quand il se retourna, il vit par la fenêtre qu'elle était toujours agenouillée sur le prie-Dieu voisin de celui où il avait mis les livres. Elle avait les yeux fermés. Il s'éloigna sans faire de bruit. Sa prochaine étape était Maliotenam, mot qui en langue montagnaise signifiait «le village de Marie».

16

MALIOTENAM

Vers onze heures du matin, le Chauffeur entra à Sept-Îles et, tout de suite après avoir traversé la rivière, il tourna à droite et se rendit au camping Uashat. Non pas qu'il eut l'intention d'y séjourner, mais comme le camping était géré par des Montagnais, il croyait avoir des chances d'y trouver la fanfare. À la barrière, cependant, le gardien affirma n'avoir vu ni musicien, ni jongleur, ni bus scolaire.

Reprenant la route en sens inverse, il s'arrêta au Vieux Poste, un musée entouré de palissades qui retraçait l'histoire des Montagnais et de la traite des fourrures. Cette fois, un guide en costume d'époque lui apprit que les gens de la fanfare étaient venus la veille, qu'ils étaient restés toute la journée, posant un tas de questions sur les Indiens, et qu'ils avaient donné un spectacle le soir, à Sept-Îles. Puisqu'ils s'intéressaient aux Montagnais, ils étaient probablement à la réserve de Maliotenam.

En un quart d'heure, le Chauffeur fut à la réserve, qui n'était éloignée que d'une quinzaine de kilomètres. C'était un village tranquille et presque désert, bâti sur un terrain sablonneux, avec de modestes maisons en crépi sagement alignées dans des rues asphaltées. Facilement visible, le bus scolaire était garé sur la place principale, en face d'une grande église blanche au toit rouge, surmonté d'un drôle de capuchon noir en guise de clocher. Groupés dans l'espace compris entre le bus et l'église, les gens de la fanfare étaient en train de vérifier leur matériel sous les yeux intéressés d'une dizaine d'enfants.

Laissant le bibliobus de l'autre côté de la place, le Chauffeur s'approcha. Marie était assise par terre au milieu des enfants, alors il alla se joindre à eux. Il appuya son épaule contre la sienne, très doucement, car elle entourait de ses bras une petite fille blottie entre ses genoux.

— Bonjour! dit-il à voix basse, pour ne pas déranger. Vous m'avez manqué.

— Vous aussi, dit-elle. Est-ce que tout s'est bien passé?

— Oui. Certains jours, les lecteurs ne sont pas très nombreux, mais ils ont toujours quelque chose de spécial. Et puis les chefs de réseau sont très fidèles.

D'autres enfants arrivaient, tout seuls ou dans les bras de leur grande sœur s'ils étaient petits. Leurs visages étaient ronds comme la pleine lune, leurs yeux et leurs cheveux noirs comme du charbon. Autour du Chauffeur et de Marie, il y eut bientôt tout un parterre d'enfants assis en demi-cercle sur l'asphalte. Alors un musicien, sortant son harmonica, commença à jouer un air ancien, et Mélodie, qui aidait Slim à attacher son fil, se mit à chanter :

Pendant que les heureux, les riches et les grands
Reposent dans la soie ou dans les fines toiles
Nous autres les parias, nous autres les errants
Nous écoutons chanter la Berceuse aux étoiles.

Il n'y eut pas d'applaudissements. Immobiles, mais les yeux très brillants, les enfants attendaient la suite. Un jongleur prit ses boules, un autre ses quilles, et ils exécutèrent un numéro avec le soutien des tambours. Ensuite, Mélodie interpréta une deuxième chanson, et les gens de la fanfare, alternant les pièces instrumentales et les tours d'adresse, présentèrent tous les éléments de leur spectacle, y compris les jeux avec le chien noir et les prouesses de Slim sur son fil. Tout au long de la représentation, sans perdre leur simplicité habituelle, ils montrèrent le même entrain que s'ils avaient joué devant une grosse foule ou des invités de marque.

Au milieu de l'après-midi, Marie et Mélodie allèrent aux provisions dans une épicerie de la réserve. Le propriétaire les servit sans dire un mot, mais lorsque vint le moment de payer, il secoua la tête et leur fit comprendre que le spectacle donné aux enfants suffisait largement à régler la note. Et, de sa propre initiative, il ajouta à la commande plusieurs boîtes de thé, de café et de tabac.

Plus tard, les membres de la troupe décidèrent de retourner à Sept-Îles et le Chauffeur les accompagna dans son bibliobus. Ils voulaient jouer plusieurs fois encore dans cette ville pour amasser un peu d'argent, sachant que, dans la dernière partie de leur voyage, l'absence de route allait les obliger à utiliser un moyen de transport plus coûteux.

Après le spectacle qu'ils donnèrent le soir même dans un parc, en face de la vaste baie dont l'entrée était gardée par les sept îles, le Chauffeur chercha à connaître leurs projets. Pour l'instant, ils n'avaient plus envie de bouger : le décor était magnifique, le ciel d'un bleu sans nuage, la recette très bonne. Ils étaient heureux et n'avaient pas d'autre projet que celui de se lever tôt, le lendemain, pour voir les crevettiers rentrer de la pêche avec leur escorte de goélands.

— Et vous? demanda Marie.

— Moi, je reprends la route et je m'arrête presque tout de suite dans un petit coin que je connais, au bord de la rivière Moisie.

— Pour travailler?

— Non, pour me reposer et prendre du soleil. C'est une belle plage avec des dunes de sable... L'été s'achève, le temps frais n'est pas loin...

— Ça me semble une bonne idée.

Elle se tourna vers Slim et ils échangèrent quelques mots à voix basse. Puis, en haussant le ton, comme si elle voulait être entendue de tout le monde :

— On peut dormir sur le sable, là-bas? demanda-t-elle.

— Bien sûr, dit-il.

— Alors j'irais volontiers avec vous, si ça ne vous ennuie pas.

— Ça ne m'ennuie pas du tout.

Elle alla chercher son sac de couchage et monta dans le bibliobus. Pour se donner une contenance, le Chauffeur prit la carte routière et montra à Slim où se trouvait exactement la plage. Il lui recommanda d'être sur ses gardes : si le sable était mou, les véhicules risquaient de s'enliser, alors il était préférable de ne pas dépasser la première dune.

Avant de quitter Sept-Îles, il s'arrêta dans une station-service pour faire le plein d'essence et vérifier le niveau d'huile du bibliobus, car les villages allaient devenir plus rares sur la 138.

17

POUSSIÈRE D'ÉTOILES

Le soleil, venant après la pluie, avait durci la surface du sable, si bien que le Chauffeur dépassa facilement la première dune. Il laissa le camion descendre en roue libre jusqu'au niveau de la rivière et, pour être sûr d'avoir la paix, il alla se garer à l'autre bout de la plage.

Avant de manger, ils enlevèrent leurs sandales et marchèrent dans le sable chaud au bord de la rivière. Laissant derrière eux des gens qui se baignaient, un hydravion amarré à un ponton, des pêcheurs à la ligne, ils se rendirent jusque sous le pont. Au retour, Marie fit signe au Chauffeur de regarder le ciel :

— Il y a un balbuzard, dit-elle.

— Un *quoi*?

— Un bal-bu-zard. Autrefois on disait un aigle pêcheur.

— Où ça?

— Il plane dans le ciel... Regardez au bout de mon doigt.

— Ah oui, je le vois !

Depuis qu'elle essayait de lui montrer des oiseaux, c'était la première fois qu'il en voyait un. Il prit plaisir à le suivre des yeux, émerveillé de l'aisance avec laquelle il tournoyait au-dessus de la rivière, là-haut dans le ciel bleu, sans même remuer les ailes.

— C'est un oiseau de proie, dit-elle. Audubon l'a représenté avec un poisson dans ses serres.

— Comment faites-vous pour le reconnaître?

— Il a de grandes ailes un peu coudées, une tache noire, le ventre blanc. Et puis je l'ai vu plonger tout à l'heure quand on est arrivés. Il est descendu en piqué vers la rivière et ... je l'ai perdu de vue à cause du pont.

— Peut-être qu'il pêche le saumon: la Moisie est une rivière à saumon très réputée.

Ils étaient revenus au bibliobus. Montant derrière lui, Marie lui donna un coup de main pour déplacer les étagères et installer la table et les chaises pliantes. Il versa de l'eau dans une casserole, puis resta un moment devant l'évier à contempler la photo de Shakespeare and Company qu'ils aimaient bien tous les deux.

— Je n'ai rien de spécial à vous offrir, dit-il. Voulez-vous manger des pâtes?

— J'aime beaucoup les pâtes, dit-elle.

C'étaient des torti aux épinards et à la sauce tomate. Elle mangea tout ce qu'il y avait dans son assiette et essuya le surplus de sauce avec une boulette de pain. Après le repas, ils remirent la table et les chaises derrière les étagères et s'assirent à terre l'un en face de l'autre pour boire une tasse de chocolat chaud. Quand il fit presque nuit, le Chauffeur se releva et alluma la veilleuse; comme la lumière pouvait attirer les moustiques, il ferma les portes arrière.

— Tout le monde est parti, dit-il en jetant un coup d'œil au dehors. Il ne reste que l'hydravion.

— On sera tranquilles, dit-elle.

— J'aime bien m'arrêter ici... Entre le fleuve et moi, il y a une longue histoire d'amour, mais toute cette eau qui s'étend à l'infini comme une mer, cette immensité, parfois ça me fatigue et il faut que je me repose au bord d'une rivière ou d'un lac.

— Je comprends.

Ils avaient le dos appuyé aux étagères, qui avaient été remises en place, et ils se trouvaient entièrement entourés de livres : les fenêtres et l'entrée de la cabine étaient les seuls endroits où il n'y en avait pas.

— On se sent très bien, chez vous, dit Marie. C'est comme une petite maison. On est à l'abri, les livres nous protègent... En plus, on a une fenêtre qui donne sur le ciel.

Il suivit son regard, qui était levé vers la lucarne, mais on ne voyait presque rien à cause de la veilleuse.

— C'est vrai que les livres nous protègent, dit-il, mais leur protection ne dure pas éternellement. C'est un peu comme les rêves. Un jour ou l'autre, la vie nous rattrape.

Il but une gorgée de chocolat et changea brusquement de sujet.

— Alors, dit-il, si j'ai bien compris, vos amis n'ont pas l'intention de s'arrêter au bout de la route? Ils veulent continuer en bateau et visiter les petits villages jusqu'à Blanc-Sablon?

— Oui, dit-elle. Ils veulent prendre le *Nordik Express*, mais ce n'est pas sûr qu'ils auront assez d'argent.

— En tout cas, ils ont raison de vouloir y aller: les paysages sont encore plus étonnants que tout ce que vous avez vu jusqu'à maintenant.

— C'est plus sauvage?

— Oui. Les arbres sont rabougris, il y a beaucoup de granit. Attendez un peu...

Posant sa tasse de chocolat sur le sol, il se leva et, sans avoir besoin de chercher, il prit un livre sur les rayons. C'était le journal de Jacques Cartier. Il se plaça sous la veilleuse et, après avoir tourné quelques pages, il lut le passage suivant:

> Toute cette côte ne renferme pas une pleine charretée de bonne terre. Ce ne sont que rochers mal rabotés: on ne voit que de la mousse pour toute végétation et, pour arbre, des avortons de bois. Vraiment, à le considérer, on croirait que c'est la terre donnée par Dieu à Caïn.

— Ça ne lui plaisait pas beaucoup, observa Marie.

— Vous avez raison. Pour lui, à cause du manque de verdure, c'était un paysage désolé... En réalité, il y a des couleurs partout: le granit est rose, le lichen est vert ou orangé, les mousses sont tachetées de fleurs blanches ou rouges. Et, vous verrez, les villages sont beaux et les gens très accueillants.

Il replaça le livre sur les rayons et revint s'asseoir en face de Marie. Elle expliqua:

— J'aimerais beaucoup y aller, pour les raisons que vous indiquez et aussi pour voir certains oiseaux, les pingouins tordas, les macareux et les plongeons, mais je ne sais pas si j'aurai le temps. Il faudra que je revienne bientôt à Québec si je ne veux pas rater mon avion.

Elle but une longue gorgée de chocolat, puis d'une voix incertaine et sans le regarder :

— Vous vous arrêtez à Havre-Saint-Pierre?

— Oui, dit-il, mais je vais peut-être retourner à Québec pour faire mon rapport au ministère.

— Ah oui?

— Vous pourriez revenir à Québec avec moi, si ça vous convient. Je passe ordinairement par la Gaspésie.

— J'y penserai, dit-elle. Merci beaucoup.

Elle poussa un long soupir... Il vit une ombre quitter son visage : une sorte d'oiseau noir qui s'envolait d'un coup d'aile.

— Ça va? demanda-t-il.

— Oui. Un peu mieux.

— Vous n'avez pas trop sommeil?

— Non. Pourquoi?

— Je voudrais que vous me parliez de votre travail. Racontez-moi comment vous faites, d'accord?

— Je vais essayer.

Après s'être recueillie quelques instants, elle récita :

— Bleu outremer... ocre jaune... blanc de titane... terre de Sienne... alizarine cramoisie...

terre d'ombre brûlée... Les sonorités sont belles, n'est-ce pas?

— Très belles.

— C'était pour l'atmosphère... Maintenant, disons que j'ai envie de peindre un aigle pêcheur : d'abord, il faut que je trouve son nid et que je l'observe avec mes jumelles. Je note tout ce que je vois — son ventre blanc, ses ailes longues et coudées, blanches aussi mais avec des taches noires, la distance entre l'œil et le bec crochu, sa façon de voler et de plonger — et je fais des croquis. Ensuite je rentre à la maison pour...

— ...nourrir les chats.

— Oui, dit-elle en souriant. Et aussi pour réfléchir à un problème qui commence à me tracasser.

— Quel problème?

— Il faut que je trouve un décor pour mon aigle pêcheur. Au lieu de le peindre tout seul, je veux l'intégrer à un paysage qui va le mettre en valeur. Mais ce paysage, je n'arrive pas à l'imaginer. Je le cherche partout, dehors, quand je me promène, mais je ne le trouve nulle part. Alors j'abandonne... Et puis un jour, au bord de la mer, je marche dans un sentier qui conduit vers une falaise rocheuse, quand tout à coup une brume légère m'entoure. Cette falaise dans la brume, juste devant moi, c'est exactement le paysage que je cherchais!

— Bravo! dit-il.

Elle fit une pause et vida sa tasse de chocolat.

— Et ensuite, qu'est-ce que vous faites? demanda-t-il.

— J'examine tous les détails et je les laisse s'imprégner dans ma mémoire, puis je rentre chez moi pour...

— ...peindre un tableau?

— Pas tout de suite. Je fais d'abord un grand dessin dans lequel je place tous les éléments du paysage : les conifères, les feuillus, la falaise, les rochers et la mer avec les nappes de brume. Ensuite, sur un papier calque, je fais un croquis de l'aigle pêcheur et je le déplace lentement sur le grand dessin pour trouver l'endroit qui lui convient le mieux. Quand je l'ai trouvé, je suis prête à commencer mon tableau.

Elle se tut. Son exposé était terminé.

— Merci, dit-il. C'est très gentil de m'avoir raconté tout ça.

— Il n'y a pas de quoi.

— Voulez-vous un autre chocolat? Des biscuits LU?

— Non, dit-elle.

— Qu'est-ce qui vous ferait plaisir?

— J'ai un peu sommeil... Je crois que je vais bientôt aller dormir.

Elle étouffa un bâillement.

En la regardant, il vit à côté de sa tête un livre qu'il aimait beaucoup, *Poussières d'étoiles* d'Hubert Reeves. Même dans la pénombre, il reconnaissait les livres à certains détails : une tache de couleur, un symbole, la grosseur du titre. Il se leva, déplaça l'étagère et tourna le dos à Marie pour déposer sa tasse dans l'évier.

— Est-ce que je peux dormir avec vous? demanda-t-il.

— Bien sûr, dit-elle.

— Avez-vous quelque chose pour vous protéger des maringouins et des mouches noires?

— Non.

Il alla fouiller dans le coffre à gants de la cabine et revint avec un flacon d'essence de citronnelle. Marie était restée assise, les bras enserrant ses genoux relevés. S'agenouillant près d'elle, il dévissa le bouchon.

— Ça sent bon, dit-elle.

Il versa un peu de liquide sur le bout de ses doigts et, tandis qu'elle fermait les yeux, il lui en appliqua par petites touches sur tout le visage, s'attardant sur les pommettes; il en ajouta un soupçon dans le cou et derrière les oreilles. Elle prit ensuite le flacon et lui rendit le même service. Environnés par l'odeur de la citronnelle, ils descendirent du camion avec les sacs de couchage, ils les étendirent côte à côte sur le sable et s'allongèrent dedans après avoir enlevé leurs chaussures. Comme il ne faisait pas très chaud, ils remontèrent la fermeture éclair jusqu'à la hauteur du visage.

Des bruissements d'eau et d'insectes venaient de la rivière, mais ils s'y habituèrent et finirent par ne plus les entendre. Quand la chaleur de leur corps eut réchauffé l'intérieur des sacs de couchage, ils retirèrent leurs jeans qu'ils enroulèrent pour en faire un oreiller. Ensuite ils se mirent à regarder les étoiles.

Les connaissances du Chauffeur se limitaient à la Grande Ourse, la Petite Ourse et deux ou trois constellations voisines, alors elle lui montra comment trouver le Dauphin en suivant un long chemin d'une étoile à l'autre à partir de l'étoile Polaire. Il fit le trajet à plusieurs reprises pour être sûr de le savoir par cœur.

— Merci, dit-il.

Après un moment de silence, il se tourna vers elle.

— Vous dormez? murmura-t-il.

— Non, dit-elle avec une petite voix. À quoi pensez-vous?

— Aux livres d'Hubert Reeves. Vous les avez lus?

— Pas tous, dit-elle. Mais je connais un peu ses idées. On est les enfants de l'univers... On vit sur une planète perdue dans l'espace... On est faits avec de la poussière d'étoiles. C'est à ça que vous pensez?

— Oui. C'est très impressionnant et même très beau, mais...

— Mais quoi?

— Je ne sens pas le lien, la filiation dont il parle. Je veux dire, je n'ai pas le sentiment de faire partie d'un ensemble. En fait, je me sens complètement isolé, tout seul... Et vous?

Elle réfléchit quelques instants.

— Il me semble, dit-elle, que je fais partie d'une sorte de chaîne. Comme dans vos réseaux de lecteurs.

Il chercha à voir si elle était sérieuse ou non, mais son visage était enfoui dans le sac de couchage. Allongeant le bras, il caressa furtivement les cheveux gris et frisés qui dépassaient.

18

RIVIÈRE-AU-TONNERRE

Quand l'autobus scolaire apparut en haut de la dune de sable, le Chauffeur dit au revoir à Marie puis aux gens de la fanfare, et il reprit la route tout seul.

Aux prises avec des idées sombres, il roula distraitement sur une route presque déserte où les villages étaient rares. Maintenant, sur le flanc des collines, les épinettes étaient plus courtes. La mer, d'un bleu foncé tirant sur le violet, s'étendait à perte de vue. Au bout d'une heure, il s'arrêta aux chutes de la rivière Manitou pour se dérouiller les jambes et boire un café. Ensuite, s'étant assuré qu'il n'y avait pas de chat sous le camion, il reprit le volant et se rendit au village de Rivière-au-Tonnerre, l'avant-dernière étape de sa tournée.

À son arrivée sur le quai, vers midi, la marée était basse et le soleil, qui avait perdu de son ardeur, était encore chaud sur la peau. Il mangea rapidement et alla marcher sur la grève, laissant le bibliobus ouvert avec une note qui disait : « Entrez et faites comme chez vous. Je reviens bientôt. Signé : le Chauffeur. » Il descendit un talus couvert de pois de senteur, contourna des rochers moussus et, parvenu à l'endroit où le sable était doux pour les pieds, il retira ses sandales et s'éloigna lentement. De temps en temps, il se retournait pour voir si un lecteur était arrivé.

Le chef de réseau était une femme de pêcheur. Elle travaillait à temps partiel dans une usine de transformation du poisson. Le Chauffeur ne savait pas exactement en quoi consistait son travail : la première fois qu'elle lui avait parlé de l'usine, il avait compris qu'on y transformait le poisson en nourriture à chats et, par la suite, il avait préféré s'en tenir à cette idée.

Ces dernières années, le réseau lui inspirait de l'inquiétude. La femme du pêcheur risquait d'être contrainte à déménager, car son mari avait de plus en plus de mal à tirer son revenu de la pêche à la morue, en raison de la concurrence des grands chalutiers. Ils envisageaient de s'établir tous les deux à Havre-Saint-Pierre, ville où les pêcheurs trouvaient du travail dans le transport des touristes qui visitaient les îles Mingan.

À l'extrémité de la baie, le Chauffeur se tourna une nouvelle fois vers le quai. Il n'y avait pas de lecteurs, autant qu'il pouvait en juger à cette distance. Après une minute de repos, il s'avança sur la batture, cherchant des yeux le rocher auquel il rendait visite à chaque tournée. Il le repéra de loin. En apparence, le rocher n'avait rien de particulier, sauf peut-être sa situation à l'écart des autres et le fait qu'il penchait sur la gauche. Mais, en s'approchant, il trouva facilement ce qu'il cherchait : dans une anfractuosité qui faisait penser au creux d'une épaule, il y avait un jardin miniature où étaient disposés un tapis de mousse, un bassin d'eau douce, des lichens et un iris bleu.

Dans l'après-midi, des touristes au volant d'un Winnebago s'arrêtèrent près du bibliobus. Ils cherchaient des cartes et des prospectus sur les villages de la Basse-Côte-Nord. Le Chauffeur n'en avait que pour son usage personnel, mais il leur donna une adresse, à Havre-Saint-Pierre, où ils pourraient s'en procurer. Comme ils partaient, la femme du pêcheur arriva en vélo, une pile de livres ficelés sur le porte-bagage. Dans la quarantaine, avenante et toute en rondeurs, elle portait une chemise à carreaux aux manches retroussées et des bottes en caoutchouc qui montaient aux genoux, par-dessus sa salopette.

— Comment allez-vous? demanda le Chauffeur.

— Très bien, dit-elle. Et vous-même?

— Pas mal.

Il descendit du camion pour lui serrer la main. Elle avait des mains plus grandes que les siennes, des joues rouges et de petits yeux plissés : chaque fois, il avait l'impression de voir son mari, qu'il n'avait pourtant jamais rencontré.

Il l'aida à dénouer la ficelle qui retenait les livres.

— Et la pêche, demanda-t-il, ça marche un peu?

— Un peu, dit-elle. Mon mari s'est mis à la pêche aux pétoncles et au crabe des neiges. Mais c'est pas comme la morue autrefois...

— Bien entendu, dit-il.

Elle lui mit la pile de livres dans les bras et monta dans le bibliobus. Assis sur le rebord du camion, les livres à côté de lui, les pieds dans le vide, il lui posa plusieurs questions pour avoir des nouvelles des autres membres du réseau. Puis il se tut et la laissa choisir.

Après son départ, le Chauffeur reçut la visite de quelques lecteurs solitaires. Le lendemain, il en vint encore un certain nombre. En fin de journée, alors qu'il n'attendait plus personne, il vit arriver une jeune fille avec un sac à dos. C'était Simone. Bien qu'elle n'eût qu'une vingtaine d'années, il la considérait comme l'une des plus grandes liseuses de toute la Côte-Nord. Cela ne lui suffisait pas de faire partie du réseau dirigé par la femme du pêcheur, il fallait, en plus, qu'elle vienne chercher ses propres livres.

Elle grimpa lestement dans le camion et vida son sac sur la table pliante. Il contenait quatorze livres, uniquement des romans et des nouvelles.

— Il en manque un, dit-elle.

Mince et vive avec de grands yeux marrons, elle portait une robe fleurie, très courte, et un parfum léger flottait autour d'elle.

— Ça ne fait rien, dit-il.

— C'est *Croc-Blanc* de Jack London. Je l'ai prêté à une copine et elle est partie à Dawson, au Yukon. Je ne sais même pas si elle va revenir un jour.

— J'espère que vous allez retrouver votre copine, mais ne vous inquiétez pas pour le livre : il m'en reste un exemplaire.

— Alors ce n'est pas trop grave?

— Mais non.

Sur un ton aussi détaché que possible, il demanda:

— Les livres, ça vous arrive souvent de les prêter?

— Assez souvent, dit-elle. C'est mal?

— Au contraire, c'est très bien. C'est vraiment très bien.

— Tant mieux!... J'ai eu peur!

Elle pivota sur elle-même, faisant voler les bords de sa robe à fleurs, et elle commença à regarder les livres sur les rayons. Comme elle avait l'habitude de lui demander conseil, il resta avec elle dans la bibliothèque. Il lui offrait des livres, elle les prenait entre ses mains longues et nerveuses, les feuilletait un instant et décidait très vite si elle les emportait ou non.

Quand il vit qu'elle en avait presque terminé, il la quitta un moment pour aller dans la cabine. Prenant le cahier noir dans le coffre à gants, il l'ouvrit à la page où le réseau de Rivière-au-Tonnerre était dessiné et, à l'intention de son successeur, il ajouta une note disant que si la femme du pêcheur déménageait à Havre-Saint-Pierre, la jeune Simone avait les qualités nécessaires pour la remplacer.

Il sursauta quand elle passa la tête dans l'entrée de la cabine.

— Excusez-moi, dit-elle.

— Oui?... fit-il. Il referma vivement le cahier.

— J'ai fini... Est-ce que je peux avoir un manuscrit?

— Bien sûr.

Après avoir remis le cahier à sa place, il passa derrière le siège pour lui ouvrir le coffre aux manuscrits refusés. Dans son énervement, il ouvrit par erreur le coffre qui contenait les outils du camion et le long tuyau flexible. Il le referma aussitôt en marmonnant un mot d'excuse et se hâta d'ouvrir l'autre coffre. Ensuite il la laissa et se retira dans la bibliothèque.

Les livres qu'elle voulait prendre étaient empilés sur la table à côté de ceux qu'elle rapportait. Bien entendu, comme le Chauffeur avait fait de nombreuses suggestions, les livres choisis étaient, pour la plupart, ceux qu'il aimait le plus, ceux qui avaient éclairé sa vie de la même façon que les phares guident les navigateurs sur le fleuve. La pile comprenait *Le Vieil homme et la mer*, *L'Attrape-cœurs*, *L'Écume des jours*, *L'Avalée des avalés*, *Le Monde selon Garp*, *Salut Galarneau*, *Le Grand Meaulnes*, *Sur la route*, *Agaguk*, *Bonjour tristesse* et *Lettres à un jeune poète*. Il reconnut aussi *La Storia* d'Elsa Morante, *Les Bons Sentiments* de Marylin French, des nouvelles d'André Major et *Le Cœur est un chasseur solitaire* de Carson McCullers. En tout, cette fois encore, il y avait une quinzaine de livres.

La jeune fille revint de la cabine avec deux manuscrits.

— Voulez-vous m'aider à choisir? demanda-t-elle.

— Mais non, dit-il. Prenez-les tous les deux.

— C'est très gentil. Merci beaucoup.

Sans perdre un instant, elle rangea les livres et les manuscrits dans son sac, puis elle descendit du camion. Il la suivit et l'aida à hisser le sac sur son dos.

— Merci, dit-elle. Au revoir!

— Bonne lecture!

Elle s'en alla en lui adressant un sourire timide. Il s'assit sur le marchepied et la regarda s'éloigner dans la lumière du soleil avec sa robe à fleurs très courte et son sac gonflé de livres. Elle était l'image même de la vie. Longtemps il la suivit des yeux et son regard se voila quand elle disparut derrière la première maison du village.

19

LE BOUT DE LA ROUTE

Il arriva à Havre-Saint-Pierre le soir vers sept heures, par un temps frais et brumeux. Dans l'espoir de revoir Marie, il se rendit tout de suite sur le port, qu'il parcourut lentement d'un bout à l'autre, mais l'autobus scolaire ne s'y trouvait pas. Il descendit du camion pour acheter un sandwich et des frites dans une roulotte qui portait le nom de «Roi de la patate». Le vendeur n'avait pas vu les gens de la fanfare. En bavardant avec lui, le Chauffeur apprit que la fraîcheur de l'air s'expliquait par la présence de nombreux icebergs qui étaient entrés dans le golfe et erraient le long de la côte.

Après avoir mangé, il traversa la petite ville pour aller au camping municipal. Au bureau, le gardien déclara qu'il n'avait pas vu l'autobus et que, de toute manière, le camping était complet depuis plusieurs jours. Il revint alors sur le port, trouva une place de stationnement et se coucha de bonne heure.

À Havre-Saint-Pierre, il n'y avait pas de réseaux de lecteurs, mais le Chauffeur était lié d'amitié avec un pilote d'hydravion qui transportait des voyageurs et des marchandises à plusieurs endroits de la Basse-Côte-Nord. Lorsque le temps était beau, le pilote emportait des livres dans sa soute à bagages et les distribuait lui-même à des lecteurs qu'il connaissait dans les différents villages. Il travaillait pour la compagnie Aérogolfe, dont les bureaux se trouvaient sur un lac situé derrière la ville et que les gens appelaient «le lac aux avions».

Quand il s'éveilla, le lendemain, il fut heureux de voir que, si le temps était resté frais, un vent d'ouest avait chassé la brume et morcelé les nuages. Sitôt habillé, il se rendit au lac. En dépit de l'heure matinale, plusieurs autos étaient déjà garées à l'arrière de la maison mobile de la compagnie aérienne. Le Chauffeur reconnut la vieille Oldsmobile du pilote. La ligne fuyante du capot lui rappelait toujours cette phrase qu'il aimait bien dans le *Dévadé* de Ducharme : «Il y avait du requin, de l'épaulard dans le capot noir qui luisait, dans la plongée horizontale de l'Oldsmobile qui défonçait le luxe de la neige transfigurée par la lumière orangée des lampadaires.»

L'hydravion de son ami, un Beaver jaune foncé avec une ligne rouge qui courait sur toute la longueur du fuselage, était rangé le long d'un ponton en bois sur lequel attendaient, assises sur leurs bagages, une demi-douzaine de personnes en vêtements chauds et colorés.

En passant derrière la maison mobile, le Chauffeur donna un très léger coup de klaxon et le visage du pilote parut à la fenêtre; il allait certainement venir aussitôt qu'il en aurait terminé avec la paperasse. Afin d'avoir une plus belle vue sur le lac, le Chauffeur se gara en reculant vers celui-ci, puis il ouvrit les deux portes arrière.

Pendant qu'il avalait ses corn flakes, il entendit un faible bruit de moteur. Un point noir apparut à l'horizon, grossissant avec régularité, puis le bruit s'amplifia et un Cessna bleu et blanc vint se poser au milieu du lac. En s'approchant du rivage, l'appareil décrivit une large courbe sur l'eau et, moteur coupé, il glissa lentement jusqu'au ponton voisin de celui où le Beaver était amarré. Il en sortit trois hommes qui, d'après leur accoutrement, revenaient d'une excursion de pêche. Les hommes chargèrent leurs bagages dans une camionnette et, quand ils furent partis, le lac retrouva son calme. On entendait bien quelques bruits : des bribes de conversations entre les passagers du Beaver, le cliquetis des outils du mécanicien qui effectuait une réparation, mais cela ne troublait pas la quiétude de ce petit lac presque rond et sans un arbre alentour, qui était perdu dans une plaine de kalmias et de bleuets.

Le Chauffeur lava la vaisselle et fit du café pour deux. Il venait de s'en verser une tasse quand le pilote arriva, une grosse boîte de livres dans les bras.

— Ça sent bon! dit-il.

— Bonjour! dit le Chauffeur. En voulez-vous une tasse?

— Ah oui! Merci beaucoup!

Posant la boîte sur le plancher du camion, le pilote grimpa à l'intérieur. C'était un homme de haute taille qui avait une fine moustache et des cheveux blonds et lisses, ramenés vers l'arrière. Avec son blouson de cuir tout craquelé et son écharpe de soie blanche, il faisait penser à un Saint-Exupéry ou à un Mermoz, ou à quelque autre pilote de l'Aéropostale dont la mission était de gagner Buenos Aires en volant la nuit au-dessus de l'Atlantique Sud.

Il prit la tasse que lui tendait le Chauffeur et but plusieurs gorgées de suite.

— Ça fait du bien! dit-il. Comment s'est passé le voyage?

— Très bien.

— Alors... ce vieux camion, il tient encore le coup?

— Mais oui..., dit le Chauffeur. Il tressaillit comme si c'était de son âge qu'il s'agissait, et non de celui du bibliobus. Sans laisser voir son inquiétude, il se mit à sortir les livres de la boîte et à les empiler sur la table.

Le pilote se pencha au dehors pour observer le mécanicien qui s'affairait autour du moteur de son hydravion.

— Il n'y a rien comme une vieille carcasse, dit-il.

C'était un homme sans âge, vivant et chaleureux, qui avait toujours mené une vie aventureuse. Il avait passé plusieurs étés à piloter des *canadairs* dans le sud de la France, près de Marseille, pour combattre les feux de forêt qui éclataient à cause de la sécheresse.

Il commença à choisir des livres. Comme il réfléchissait à voix haute, on voyait bien qu'il

154

arrêtait son choix en pensant à des lecteurs précis : le propriétaire du magasin général de Natashquan, un guide montagnais de La Romaine, une vieille dame dans un foyer à Harrington Harbour, un employé d'une fabrique de chaloupes à Saint-Augustin, une infirmière à l'hôpital de Blanc-Sablon...

Le Chauffeur plaçait les livres à mesure dans la boîte en carton. Quand la boîte fut presque pleine, il avertit le pilote et celui-ci prit encore deux ou trois romans.

— Voilà, dit-il, je crois que j'ai ce qu'il faut pour tout le monde.

— Si vous en voulez davantage, on peut faire un autre colis, dit le Chauffeur.

— Ça suffira amplement. Merci quand même.

— C'est à moi de vous remercier : vous prolongez mon travail. Grâce à vous, mes livres se rendent dans des villages isolés et ils réchauffent le cœur des gens.

— Je suis très heureux de le faire, dit le pilote. Il mit lui-même les derniers livres dans la boîte, qu'il ferma en entrecroisant les rabats. Et vous, demanda-t-il, est-ce que vous rentrez tout de suite à Québec ?

— Je vais rester un jour ou deux, dit le Chauffeur. Cette fois, je n'ai pas fait la route tout seul mais avec des amis... Ils devraient arriver bientôt.

Il raconta comment il avait connu les gens de la fanfare et le périple qu'ils faisaient en même temps que lui, tout en s'arrêtant pour donner des spectacles.

— Et maintenant, ajouta-t-il, ils ont l'intention de prendre le *Nordik Express* pour visiter les villages de la Basse-Côte-Nord. À condition d'avoir assez d'argent...

— Le bateau, c'est ce qui coûte le moins cher, dit le pilote. Et puis, s'ils n'ont pas toute la somme, ils peuvent toujours descendre dans un village et reprendre le bateau sur le chemin du retour.

— C'est vrai. Je n'y avais pas pensé.

Un bruit de pas se fit entendre et le mécanicien parut à l'arrière du bibliobus.

— Le plein est fait et tout est en ordre, dit-il.

— Merci, dit le pilote. Voulez-vous dire aux passagers de prendre place?... J'arrive dans une minute.

Tandis que le mécanicien retournait vers l'hydravion, le Chauffeur tendit le cou pour examiner le ciel. Les nuages étaient peu nombreux et très élevés.

— Vous aurez du beau temps, dit-il.

— Oui, dit le pilote. Ce ne sera pas très chaud, mais au moins il n'y aura pas de brume.

Il toucha la table, qui était en bois. Brusquement, il demanda :

— Pourquoi ne prenez-vous pas le bateau avec vos amis?

— C'est que... ils ne partent pas tous.

— Ah non?

— Non. Il y a une femme... Elle doit rentrer en France pour son travail. Son avion part de Québec, alors...

— Alors vous la ramenez à Québec.

— Oui.

— En passant par la Gaspésie?...

Le Chauffeur sourit sans répondre. Il y avait un soupçon de tristesse dans son sourire, mais le pilote ne s'en rendit pas compte.

— Elle est comment, cette femme? demanda-t-il.

— Elle est... spéciale. Elle s'appelle Marie.

— Est-ce que..., commença-t-il, puis il s'arrêta. Je ferais mieux de partir avant de dire des stupidités, conclut-il, et il prit la boîte dans ses bras. Après avoir descendu les marches, il se retourna. Au revoir! fit-il.

— Portez-vous bien! dit le Chauffeur.

— Bonne route!

— Vous aussi!

— Bonne chance avec Marie!

Son écharpe blanche flottant sur l'épaule, le pilote se dirigea vers l'appareil. Il déposa la boîte de livres dans la soute et referma soigneusement le panneau. Une fois installé dans le cockpit, il mit des lunettes soleil et leva le pouce, comme il le faisait toujours pour saluer le Chauffeur. L'hélice commença à tourner dans un vrombissement qui fit frémir le vieux bibliobus sur la rive, et l'hydravion s'éloigna lentement sur ses flotteurs. Il prit de la vitesse, décolla et vira sur l'aile.

20

L'ADIEU À LA FANFARE

Le *Nordik Express* s'apprêtait à partir. Sur le quai, Slim tenait Marie dans ses bras et lui murmurait quelque chose à l'oreille.

Moins grande que lui, elle avait la tête appuyée sur son épaule et elle écoutait attentivement, les yeux à demi fermés. Au bout d'un moment, elle se dégagea en douceur et se mit à lui parler à son tour; un doigt levé, elle avait l'air de lui faire une recommandation, mais chacun de ses gestes se terminait par une caresse sur la joue ou dans les cheveux.

Sans s'occuper d'eux, les autres membres de la troupe vérifiaient une dernière fois leurs bagages avant de monter à bord du navire blanc et rouge. Le Chauffeur se tenait à l'écart et, avec d'autres passagers, il regardait la grue du bateau soulever des caisses, des conteneurs et même des automobiles sur le quai pour les déposer avec une grande précision sur le pont arrière. De temps en temps, il tournait un visage inquiet vers Slim et Marie.

Il y avait maintenant deux jours que les gens de la fanfare étaient à Havre-Saint-Pierre. Pendant leur séjour à Sept-Îles, le temps s'était gâté, les empêchant de réunir la somme nécessaire pour payer le bateau. Dès leur arrivée, toutefois, ils avaient joué sur le port, à côté des bureaux de la compagnie maritime, et un représentant de celle-ci, qui avait aimé le spectacle, leur avait offert un aller et retour gratuit s'ils voulaient bien donner quelques représentations pour distraire les passagers. Ils avaient accepté. Marie avait annoncé qu'elle ne partait pas avec eux.

Lorsqu'un coup de sirène donna le signal de l'embarquement, le Chauffeur se mêla aux musiciens, il leur souhaita bonne route et bonne chance, et fit une dernière caresse au chien noir. Près de lui, Marie faisait elle aussi ses adieux à tout le monde et il l'entendait demander à l'un s'il avait assez de vêtements chauds, à un autre s'il avait pensé à son appareil photo, et à Mélodie, si elle avait bien son col roulé et ses pastilles au miel pour lutter contre le mal de gorge. Tout en parlant, elle serrait une main, frôlait une joue, mettait son bras sur une épaule, enlevait un bout de fil sur un blouson.

Les musiciens montaient un à un sur le bateau avec leurs bagages et, à la fin, il ne resta plus au pied de la passerelle que l'équilibriste, la chanteuse, Marie et le Chauffeur. Sans doute y avait-il une question muette dans les yeux de Marie, car Slim la prit par le bras et lui dit d'une voix ferme : «Ne te casse pas la tête!» Elle se tourna alors vers Mélodie, l'embrassa sur les deux joues et la garda longtemps serrée contre elle. Ensuite la chanteuse et Slim rejoignirent leurs camarades qui étaient déjà installés sur le pont supérieur.

Les amarres furent larguées et le *Nordik Express* quitta le port en soulevant des tourbillons d'écume. Sur le quai, le Chauffeur et Marie firent des signes d'adieu aussi longtemps qu'ils virent des mains s'agiter sur le pont du navire; quand ils pensaient que tout était terminé, il y avait encore une main qui s'agitait dans le lointain. Finalement, le bateau disparut à l'horizon et ils se mirent à frissonner sous la fraîcheur de l'air. Il était à peine huit heures du matin.

— Si on faisait du café? proposa le Chauffeur.

— Bonne idée, dit Marie. Mais c'est moi qui vous invite puisque le bus scolaire est encore là.

Ils montèrent dans l'autobus, qui était garé le long d'un hangar, et s'assirent sur les banquettes de la «salle de séjour». Des vêtements traînaient ici et là, et la table était encombrée par la vaisselle qui avait servi à préparer les lunchs. Bien avant que le café ne fût prêt, ils furent réchauffés par la réverbération du soleil sur les murs en tôle du hangar.

Après le café, ils firent du rangement et Marie sortit tous les aliments périssables du frigo. Elle rassembla ses affaires, tira les rideaux, puis au moment de partir, elle parcourut des yeux l'intérieur de l'autobus.

— Vous pouvez rester un moment, dit le Chauffeur, on n'est pas pressés. Prenez votre temps...

Elle haussa les épaules et sembla hésiter. Il ajouta:

— Je peux aller faire le plein d'essence du camion et m'occuper de l'épicerie, et ensuite revenir vous chercher. Qu'est-ce que vous en dites?

— C'est gentil d'y avoir pensé, dit-elle, mais ce ne sera pas nécessaire. Je vais seulement leur écrire un mot : ça leur fera un peu de chaleur au moment du retour.

— D'accord. Je vous laisse et vous me rejoignez ensuite?

— Non... Restez! Une lueur très douce s'alluma dans ses yeux gris-bleu. Je vous en prie, restez, dit-elle.

Il s'assit en face d'elle sans dire un mot. Elle prit dans ses bagages un stylo et un carnet, dont elle détacha un feuillet quadrillé, et elle écrivit : «La moitié de mon cœur est avec vous. Marie.» Il n'eut aucun mal à lire le texte à l'envers. Elle mit le feuillet sous un cendrier, au milieu de la table. Il se leva avant elle pour actionner une dernière fois le système d'air comprimé qui ouvrait la porte et ils sortirent en emportant les bagages et le sac de nourriture. Comme convenu avec Slim, ils verrouillèrent les portières et déposèrent la clef de contact chez le «Roi de la patate».

Quand ils arrivèrent au bibliobus, deux jeunes chats tigrés les attendaient. Marie plaça la nourriture dans le frigo et donna du lait aux chats dans une assiette creuse. Le Chauffeur examina la carte routière pour calculer le temps qu'ils allaient mettre à regagner Québec en passant par la Gaspésie, puis il rejoignit Marie qui, selon son habitude, s'était assise à terre, le dos appuyé aux livres.

C'était dans cette position qu'elle se sentait le mieux, comme si les livres lui donnaient de l'énergie, mais ce matin-là elle avait les traits tirés et sa tête oscillait légèrement d'un côté et de l'autre.

— Ça ne va pas? demanda-t-il.

— Rien de grave, dit-elle. Je suis inquiète pour Slim.

Elle ne voulut pas en dire davantage. Son visage peu à peu se détendit et elle parvint à esquisser un sourire. Il s'assit à côté d'elle, sa carte routière à la main; elle mit ses lunettes et il lui montra leur itinéraire avec son index: ils allaient revenir en arrière jusqu'à Godbout, traverser le fleuve et suivre la rive sud en dessinant une large boucle qui allait les ramener à Québec.

— Et on a le temps de faire tout ça? demanda-t-elle.

— Mais oui, dit-il. Et même, on peut se reposer un peu avant de partir, si ça peut vous faire du bien.

— Mais vous, qu'est-ce que vous avez envie de faire? Voulez-vous partir tout de suite?

Il tenta de replier la carte routière, mais sa main tremblait un peu et il dut s'y prendre à plusieurs fois.

— Je ne sais plus très bien ce que je veux, dit-il. Tout ce qui était clair autrefois est devenu compliqué... Est-ce que je peux vous demander quelque chose?

— Bien sûr.

— Allongez vos jambes, s'il vous plaît.

Elle fit ce qu'il demandait. Il se coucha sur le côté et posa la tête sur ses jeans, un peu au-dessus des genoux.

— Je voudrais rester comme ça une minute, dit-il en fermant les yeux.

21

LE VENTRE DE LA BALEINE

Ils avaient dit qu'ils n'étaient pas pressés mais, en quittant Havre-Saint-Pierre, quelque chose de plus fort qu'eux les poussa à rouler plus vite que d'habitude. Se relayant au volant, ils ne s'arrêtèrent que pour manger à Sept-Îles, et il n'était pas six heures du soir quand ils arrivèrent à Godbout.

Cependant, le dernier bateau venait de partir. Ils devaient attendre le lendemain matin ou bien se rendre à Baie-Comeau où il y avait une traversée de nuit. Choisissant d'attendre, ils rangèrent le bibliobus en face du fleuve, dans le coin le plus éloigné de l'embarcadère, et ils descendirent.

Le soleil avait disparu derrière les collines. C'était la première semaine de septembre, l'été tirait à sa fin et, déjà, quelques taches de jaune et de roux éclairaient le vert sombre des épinettes.

— Vous avez vu les couleurs? demanda Marie.

— Bien sûr, dit le Chauffeur. Mais attendez qu'on soit rendu dans la région de Québec : ce sera encore plus beau.

— À cause des érables?

— Oui. L'automne s'en vient...

Les mots restèrent en suspens. Il aurait donné n'importe quoi pour rattraper sa phrase, mais c'était impossible.

— J'ai un peu froid, dit Marie.

— Vous n'avez pas beaucoup mangé, dit-il. Il faudrait trouver des tablettes de chocolat ou quelque chose... Là-bas, il y a un distributeur automatique.

D'un mouvement de la tête, il désignait un bâtiment qui servait d'abri aux passagers, en face de l'embarcadère. À l'intérieur, ils trouvèrent deux distributeurs, l'un de chocolats et de bonbons, l'autre de café; il y avait aussi des toilettes, un téléphone et une petite salle d'attente avec une fenêtre donnant sur le fleuve. Ils se séparèrent pour aller aux toilettes.

De retour le premier dans la salle d'attente, le Chauffeur aperçut, lui tournant le dos et regardant par la fenêtre, la haute silhouette de son père; il portait son vieil imperméable et son feutre gris avec une petite plume, et ses cheveux blancs et bouclés retombaient dans le cou; au bout de quelques secondes, l'homme se retourna : évidemment, ce n'était pas son père.

Marie le rejoignit pendant qu'il examinait le distributeur de chocolats. Il lui demanda ce qu'elle prenait.

— La même chose que vous, dit-elle.

— Alors ce sera une KitKat.

Il mit des pièces dans la machine et retira les deux tablettes.

— Et un café?

— Pas tout de suite.

La salle d'attente était vide. Par la fenêtre, en regardant très attentivement, ils distinguaient la tache blanche du traversier qui s'estompait au loin sur le fleuve, dans une zone encore baignée de soleil.

— J'ai vu mon père tout à l'heure, dit-il.

— Ah oui? fit-elle.

— Je le vois de plus en plus souvent. La plupart du temps, il me tourne le dos et contemple le fleuve. Une fois, il était immobile sur le perron d'une église, les portes étaient ouvertes et il regardait à l'intérieur.

Marie écoutait patiemment, sans quitter des yeux les derniers rayons de soleil qui traînaient sur le fleuve. Quand il se tut, elle raconta :

— Moi, c'est ma fille. Parfois, elle marche devant moi sur le trottoir, alors je la rattrape mais c'est quelqu'un d'autre. Ou encore je la vois de loin, elle discute avec des copines et je m'approche, mais...

Elle haussa les épaules en signe d'impuissance et se mit à grignoter le premier doigt de sa KitKat.

— Je ne savais pas que vous aviez une fille, dit-il.

— Oui, dit-elle. Elle a une place spéciale dans mon cœur.

Cette phrase le fit sourire. Elle lui demanda pourquoi.

— Il m'est venu une image..., dit-il. Est-ce que votre cœur ne serait pas divisé en plusieurs pièces, comme une maison?... Est-ce que l'une des pièces ne serait pas une petite chambre avec du papier peint à fleurs, des rideaux en mousseline, un ours en peluche sur une commode?...

— Je ne sais pas, dit-elle en riant de cette description. En tout cas, c'est une grande fille à présent. Elle se débrouille toute seule.

— Alors vous êtes mariée?

— Non.

— Pardonnez-moi, dit-il. Je ne poserai plus de questions indiscrètes.

— Il n'y a pas de quoi, dit-elle très doucement.

L'air contrit, il retourna au distributeur et revint avec deux gobelets de café.

— Attention, c'est chaud!

— Merci.

Elle but à petites gorgées puis s'assit en face de la fenêtre.

— Je me demande où ils sont rendus, dit-elle.

— Vos amis?

— Oui.

Il s'assit à côté d'elle, consulta sa montre et réfléchit un instant.

— Ils vont bientôt arriver à Natashquan.

— Déjà?

— Si vous en avez envie, vous pouvez leur téléphoner... Dans le coffre à gants du bibliobus, il y a un prospectus qui indique les heures d'arrivée dans les villages, et on pourrait facilement obtenir le numéro de téléphone d'un endroit où les touristes ont l'habitude de se rendre, par exemple le magasin général, un restaurant...

Leur conversation était interrompue de temps en temps par le sifflement des freins à air comprimé d'un camion à remorque arrivant sur le quai et s'installant pour la nuit; invariablement, dans la minute qui suivait, quelqu'un entrait dans la salle d'attente et se dirigeait vers les toilettes.

Marie but une gorgée et posa son gobelet en équilibre sur son genou.

— C'est rassurant de savoir qu'on peut les joindre, dit-elle. Merci beaucoup. Je les appellerai plus tard, il vaut mieux les laisser en paix pour le moment. D'ailleurs, ils se débrouillent certainement très bien.

Sa voix, contrastant avec ses propos, était mal assurée. Le Chauffeur ne pouvait s'empêcher de surveiller le gobelet, dont l'équilibre était menacé chaque fois que Marie faisait un geste en parlant ou qu'elle tournait la tête pour regarder les gens qui entraient dans la salle. Il dit :

— Le plus simple, ce serait de les appeler au moment où ils seront de retour à Havre-Saint-Pierre. J'ai le numéro de la compagnie maritime dans mes prospectus.

— C'est parfait, dit-elle. Elle attrapa son gobelet et but le reste du café. Je suis bien réchauffée. Et vous?

— Moi aussi.

— Allons marcher un peu avant qu'il fasse tout à fait nuit?

Ils sortirent. Curieusement, il faisait moins sombre qu'ils ne l'avaient imaginé de l'intérieur et les lampadaires n'étaient pas encore allumés. Tout en marchant de long en large sur le quai où plusieurs gros camions stationnaient à la file, ils se mirent à parler des choses et des gens qu'ils connaissaient : la fanfare, les chats, la sœur du Chauffeur, la librairie Shakespeare and Company, les parents de Marie, les oiseaux; finalement ils parlèrent de Jack.

— Il doit être revenu à Cap-Rouge, dit le Chauffeur.

— J'espère que son nouveau livre commence à prendre forme, dit Marie. Elle réfléchit et ajouta : Quand je pense à son livre, j'imagine toujours un bébé dans le ventre de sa mère. Sans doute qu'il se moquerait de moi s'il m'entendait...

— Je ne pense pas, mais il dirait sûrement qu'il est incapable d'écrire un livre en neuf mois : il lui faut quatre ou cinq ans lorsque tout va bien.

— Pourquoi?

— Je ne sais pas. Au début, quand j'ai commencé les tournées, j'allais souvent chez lui et je posais des questions. Je voulais savoir comment les livres viennent au monde... Eh bien, c'est resté un mystère pour moi. Plus on vieillit, moins on a de certitudes.

Marie ne répondit pas. Ils marchèrent quelques instants en silence le long de la file de camions et, soudainement, il se mit à secouer la tête comme si une grave discussion se déroulait en lui-même.

— Cette histoire de vieillesse, dit-il, je ne voulais pas en parler, mais puisque j'ai commencé... Il faut que je dise deux ou trois choses pour m'expliquer. Après, je n'en parlerai plus, ce sera tout.

Elle fit signe qu'elle était prête à l'écouter.

— Je ne suis pas malade, dit-il. Ma santé n'est ni bonne ni mauvaise, elle est acceptable. Pour ce qui est de l'âge, je ne suis plus tout jeune mais je ne suis pas encore un petit vieux. Cependant, j'ai assez vécu pour savoir que tout ce que l'on raconte sur l'âge d'or, la sagesse, la sérénité... tout ça est complètement faux. À mon âge, je n'ai rien appris de ce qui est essentiel : le sens de la vie, le bien et le mal... On dirait que mon expérience se ramène à zéro. J'exagère mais à peine, je le jure. Pire encore, j'éprouve toujours les mêmes craintes, les mêmes désirs, les mêmes besoins que lorsque j'étais petit. Quand les déficiences physiques viendront s'ajouter à tout cela — et elles sont inévitables —, ce sera le désastre, la déchéance. C'est ça que je ne veux pas vivre. Ça ne m'intéresse pas. Voilà, c'est tout, je n'en parlerai plus jamais.

Malgré lui, il s'était énervé et avait durci le ton. Alors, pour se faire pardonner :

— Je parie que les lampadaires vont s'allumer avant qu'on soit arrivés au bibliobus, dit-il.

— Qu'est-ce qu'on parie ? demanda-t-elle.

Ils se trouvaient à l'autre bout du quai, près de l'embarcadère.

— Un plat de spaghettis.

— D'accord.

Adoptant un pas normal, ils marchèrent jusqu'au bibliobus et ils eurent le temps de faire trois fois l'aller et retour avant que les lampadaires ne s'allument. Le Chauffeur prépara les spaghettis. Après le repas, ils s'assirent par terre, adossés aux livres, comme ils le faisaient si souvent, et ils bavardèrent en buvant un chocolat chaud à la lueur de la veilleuse. Le temps passait plus lentement. À cause de la fatigue, par moments la tête de Marie s'inclinait très bas sur son épaule, et alors il apercevait derrière elle un des livres qu'il aimait le plus au monde, *La Détresse et l'enchantement,* avec le nom de l'auteur, Gabrielle Roy, en lettres mauves comme les épilobes qu'ils avaient vus partout sur la Côte-Nord.

Dans la bibliothèque, les livres québécois n'avaient pas de place spéciale, ils étaient mélangés aux autres, si bien que l'on retrouvait côte à côte les livres d'Anne Hébert et d'Hemingway, les livres de Raymond Carver et ceux de Roch Carrier, les livres de Boris Vian et ceux de Gilles Vigneault, les livres de Pierre Morency et ceux de Modiano, les livres de David Goodis et ceux de Jacques Godbout, les livres de Le Clézio et ceux de Félix Leclerc.

Marie ne put réprimer un bâillement, qu'elle dissimula à moitié du revers de la main. Il bâilla machinalement lui aussi, ce qui les fit rire tous les deux.

— Je tombe de sommeil, dit-elle.

— On a trop roulé aujourd'hui, dit-il. Demain, on s'arrêtera plus souvent, voulez-vous?

— Oui. Excusez-moi, il faut que je retourne à la salle d'attente.

— Moi aussi.

Ils prirent chacun leur trousse de toilette et sortirent, se faufilant entre les camions de plus en plus nombreux sur le quai. Dans la salle d'attente, des hommes et des femmes buvaient du café en discutant du coût élevé de la vie. Ayant terminé le premier, le Chauffeur alla dehors pour attendre Marie. La lueur rose des lampadaires empêchait de voir les étoiles.

Au retour, il faisait un peu froid dans le bibliobus, car la lucarne était restée ouverte. Le Chauffeur la referma et, pour réchauffer la pièce, il fit brûler de l'alcool dans une boîte en fer-blanc, elle-même placée dans une boîte plus grande par mesure de précaution. Il fit glisser l'étagère sur son rail et Marie l'aida à déplier son lit. À son tour, il lui donna un coup de main quand elle déroula son sac de couchage sur un matelas isolant, à côté du lit. Ils tirèrent le rideau des portes arrière et celui de la cabine, puis le Chauffeur éteignit la veilleuse. Quand il commença à retirer ses vêtements, elle fit comme lui et ils s'allongèrent, chacun dans son lit. L'alcool se consumait avec une flamme bleue, légère et dansante.

— Avez-vous froid? demanda-t-il.

— Non, dit-elle. Elle remonta tout de même la fermeture éclair de son sac de couchage.

— Vous êtes prête à dormir?

— Oui. Et vous?

— Moi aussi. Mais si vous ne pouvez pas dormir ou si vous avez froid, ou bien si vous avez besoin de quelque chose... Vous comprenez?

— Oui. Je vous fais la même invitation.

Sa voix était déjà toute alourdie de sommeil.

— Bonne nuit, dit-il.

— Bonne nuit.

L'alcool brûla pendant une vingtaine de minutes, projetant des ombres mouvantes sur les rangées de livres, mais Marie s'endormit bien avant ce temps. En se redressant à moitié, le Chauffeur pouvait voir qu'elle était tournée vers lui, les genoux fléchis dans son sac de couchage, le visage serein et les yeux clos; sa respiration était profonde et régulière.

Il essaya de respirer au même rythme qu'elle, mais cela ne l'aida pas à dormir. Il s'étendit sur le dos et resta longtemps dans cette position, les yeux grands ouverts, puis il se tourna vers les livres; il pouvait les toucher en allongeant la main. Au bout d'une heure, peut-être, il s'assit sur le lit et, silencieusement, enfila son chandail et ses jeans. Les pieds nus sur le plancher froid, il enjamba la boîte d'alcool qui avait fini de brûler et se rendit dans la cabine où il mit ses chaussures de tennis. Il sortit en refermant la porte le plus doucement qu'il put.

La nuit était calme. Les lumières étaient éteintes dans les cabines des camions et il n'y avait plus personne dans la salle d'attente de l'embarcadère. Il regarda le fleuve par la fenêtre, mais il fallait se coller le nez à la vitre et, de toute façon, il n'y avait pas grand-chose à voir. Devant un des distributeurs, il passa un moment à étudier les différentes sortes de tablettes de chocolat, de gommes à mâcher, de chips et de bonbons. Il jeta un coup d'œil indiscret dans les toilettes des femmes, puis il alla marcher dehors. Ses chaussures ne faisaient pas de bruit.

Pour atténuer le claquement de la portière, en rentrant dans le bibliobus, il abaissa un peu la vitre. Marie remua dans son sac de couchage mais ne s'éveilla pas. Après avoir enlevé ses vêtements, il se coucha et, cette fois, il sentit que le sommeil le gagnait.

Lorsqu'un grondement de moteurs le réveilla brusquement, il crut qu'il venait à peine de s'endormir. Marie était assise sur son petit lit, réveillée elle aussi en sursaut. Avant même de regarder dehors, ils comprirent que le traversier était arrivé et que les premiers camions embarquaient. Ils s'habillèrent à la hâte, replièrent les deux lits, et le Chauffeur conduisit le bibliobus dans une des files de véhicules.

Le traversier était un énorme navire blanc et bleu qui s'appelait le *Camille Marcoux*. Tout l'avant était ouvert, exhibant ses entrailles, et le Chauffeur, au moment d'engager son camion dans cette large gueule, eut le sentiment de s'engouffrer dans le ventre d'une baleine.

22

LE CHIEN DANS LE SIDE-CAR

Le ciel se couvrait lorsqu'ils débarquèrent à Matane, sur la rive sud. Tournant le dos à Québec, ils prirent la route 132 en direction de la Gaspésie et, cette fois, ils roulèrent sans se presser. Il restait six jours avant le départ de Marie.

La circulation était plus intense, les villages plus rapprochés, mais le fleuve n'avait pas changé : il était toujours aussi large, patient, majestueux, et Marie le regardait, éblouie.

— Ça va faire un grand vide quand il ne sera plus là, dit-elle. Je ne sais pas si je pourrai m'habituer.

— Vous me faites penser à quelque chose, dit-il. Quand je suis allé en France, j'ai habité à trois endroits en particulier : Paris, Tournon et Le Verdon-sur-Mer... Mais je vous l'ai déjà dit, n'est-ce pas?

— Oui.

— Eh bien, je me suis aperçu au retour que, dans chaque cas, sans le faire exprès, je m'étais installé au bord d'un fleuve : la Seine, le Rhône et la Gironde.

— La Gironde..., murmura-t-elle, je ne la connais pas beaucoup. Est-ce qu'il n'y a pas une chanson de Montand qui en parle?

— Mais oui. Attendez un peu...

Après un coup d'œil dans le rétroviseur, il s'éclaircit la voix et se mit à chantonner :

— «L'eau de la Gironde... fait le tour du monde... quand tu me prends la main...» J'ai oublié le titre, ajouta-t-il. Vous aimez Yves Montand?

— Bien sûr.

— Moi aussi. Ça m'a donné un coup terrible quand il est parti... C'est lui qui chantait la toute première chanson que j'ai entendue sur disque chez mon grand-père, quand j'étais petit. Elle s'appelait *Le Chant des partisans*. Vous la connaissez?

— Oui.

— Je me souviens, les mots me faisaient peur et m'attiraient en même temps.

Ils s'arrêtèrent à Cap-Chat pour aller aux provisions et aussi à la poste, car Marie voulait acheter des timbres. Même s'il n'était pas encore midi, ils avaient faim et, tout simplement, ils décidèrent de préparer leur repas sur le terrain de stationnement où ils se trouvaient. Ensuite ils marchèrent un moment dans la rue principale en regardant les vitrines des magasins. Au loin vers l'ouest, sur un fond de ciel gris, ils apercevaient une longue éolienne blanche qui faisait penser au mât d'un voilier. Avant de remonter dans le bibliobus, ils se penchèrent pour regarder entre les roues, mais il n'y avait pas de chats.

Marie prit le volant. Elle lui demanda de continuer à évoquer des souvenirs.

— Ça me fait beaucoup de bien, dit-elle.

— Voulez-vous entendre une petite histoire de canards?

— C'est d'accord.

— Quand j'étais au Verdon, sur la rive sud de la Gironde, je faisais du camping sauvage pour économiser mes sous. Je m'étais entendu avec les gendarmes : la nuit, ils me laissaient la paix à la condition que je gare mon vieux camion au bout de la plage ou bien en face du petit port de mer. Rien n'était plus beau que la plage de sable fin qui s'étendait jusqu'à l'horizon, mais je préférais le port de mer avec ses bateaux de pêche et ses voiliers sagement alignés dans le bassin, sa forêt de mâts qui se balançaient avec le tintement des filins d'acier, et sa famille de canards.

— Quel genre de canards?

— La tête vert foncé et le reste du corps plutôt gris ou brun.

— Avec un collier blanc?

— Je n'ai pas fait attention.

— C'étaient probablement des colverts ou des souchets. Est-ce qu'ils avaient le bec jaune?

— Je ne sais pas. Et pourtant, j'ai passé des heures à les regarder. À certains moments, selon l'angle de la lumière, la couleur verte de leur tête virait brusquement au bleu foncé. Mais ce qui m'intéressait le plus, c'était la maison flottante que les gens du club nautique avaient installée pour eux dans un coin paisible du bassin. Construite en bois, sur une sorte de radeau qui avait deux bidons comme flotteurs, elle était retenue au rivage par une corde assez longue pour lui permettre de se déplacer avec la marée. Tous les jours, un membre du club venait au bord du bassin, tirait la corde et déposait de la nourriture devant la porte de la maison. Et, sur le chemin qui ceinturait le port, des panneaux avec l'inscription «passage de canards» invitaient les automobilistes à ralentir.

Pendant qu'il racontait ces souvenirs, le paysage avait changé. L'étroite route d'asphalte était maintenant coincée entre la mer et une colline de plus en plus abrupte. La marée était basse et Marie conduisait très lentement pour ne pas perdre de vue les formations rocheuses, parfois étranges, qui hérissaient la batture. À l'Anse-Pleureuse, ils quittèrent la 132 pour se reposer dans une halte routière aménagée au bord d'une rivière, sur le chemin de Murdochville. Ils choisirent la table à pique-nique la plus rapprochée d'un talus d'herbe rase qui descendait en pente douce vers un lac; ce n'était qu'un petit lac, formé par une digue sur la rivière, mais l'eau, très calme, était vert émeraude.

Le Chauffeur s'allongea sur le talus, auprès d'une grappe de bouleaux serrés les uns contre les autres, tandis que Marie s'asseyait à la table pour écrire des cartes postales. Peu à peu, des nuages noirs s'amoncelèrent au-dessus d'eux, et une brise annonciatrice de pluie fit frémir les feuilles des bouleaux et la surface du lac.

Mais la pluie ne vint que plus tard, quand ils eurent repris la route. Elle commença brutalement avec des éclairs et de violents coups de tonnerre au moment où ils traversaient le village de Grande-Vallée. Il pleuvait si fort que, même avec des essuie-glace en accéléré, le Chauffeur ne voyait pas à cinquante mètres devant le camion. Aussi, dès qu'il aperçut une route sur la droite, il s'y engagea, tous feux allumés, et s'arrêta tout de suite sur l'accotement.

L'orage cessa aussi brusquement qu'il avait commencé, et une trouée dans les nuages fit apparaître un soleil éclatant. Ouvrant toutes grandes les portes arrière du bibliobus, ils descendirent en espérant voir un arc-en-ciel. Il n'y en avait pas, mais la lumière rutilait sur tout ce qu'ils découvraient autour d'eux : les arbres dégoulinant de pluie, l'eau ruisselant sur la route, et un vieux pont couvert en bois, enjambant une rivière.

Ils s'avancèrent pour regarder le pont. Tout à coup, annoncée par une pétarade, une moto avec un side-car en sortit à pleine vitesse, les obligeant à se ranger au bord du chemin ; ils eurent le temps d'apercevoir un gros chien dans le side-car. Parvenue à la hauteur du bibliobus, la moto ralentit subitement et, un peu plus loin, s'immobilisa.

Le conducteur mit pied à terre. Grand et mince, les épaules étroites, il était entièrement vêtu de cuir noir, et son blouson était orné d'étoiles, de pierres brillantes et d'une chaîne en métal. Son casque intégral laissait dépasser des mèches de cheveux blonds flottant en désordre sur son cou.

Quand il enleva son casque, ses cheveux blonds et ondulés tombèrent en cascade sur ses épaules : c'était une fille, une très jeune fille. Elle posa son casque sur le siège de la moto et se pencha vers le chien accroupi dans le side-car, un énorme saint-bernard. Elle lui murmura quelque chose, il cligna des yeux et resta sagement à sa place.

Les mains dans les poches de son blouson, elle s'approcha du bibliobus en faisant résonner ses talons sur l'asphalte. Elle dévisagea Marie et le Chauffeur, puis d'une voix qui surprenait par sa gravité :

— Vous avez des livres ? demanda-t-elle.

— Oui, dit le Chauffeur.

— Je peux en avoir un ?

— Bien sûr.

La Gaspésie ne faisait pas partie de son territoire mais, fidèle à son principe de ne jamais refuser un livre à quelqu'un, il abaissa le marchepied du bibliobus pour inviter la jeune fille à monter. Il ne fut pas surpris de voir qu'elle restait à l'extérieur et se contentait de jeter un coup d'œil aux livres : pour certains lecteurs, la bibliothèque était une sorte de sanctuaire, il fallait leur laisser le temps.

Marie demanda :

— Comment s'appelle votre chien ?

— Il s'appelle Bouddha, dit la fille.

— Il ne descend pas du side-car ?

— C'est à lui de décider.

— Je peux aller le caresser ?

La fille examina Marie des pieds à la tête, puis se tournant vers le side-car, elle émit un drôle de sifflement, modulé sur deux tons, et le chien dressa les oreilles.

— O.K., dit-elle. Vous pouvez y aller.

Voyant que tout se passait bien, elle se retourna vers le bibliobus. Elle regarda les livres pour la jeunesse qui étaient encastrés dans les portes arrière, ceux pour les tout-petits sur les rayons du bas et ceux pour les plus grands sur les rayons supérieurs. Ensuite elle avança la tête à l'intérieur, mais elle ne se décidait toujours pas à monter.

— Voulez-vous boire quelque chose? demanda le Chauffeur.

— Peut-être, dit-elle.

— Un café?... Un chocolat chaud?... Un coke?...

Elle secoua la tête, faisant danser ses cheveux blonds sur son blouson de cuir.

— Un coke, décida-t-elle.

— Et votre chien, il n'a pas soif?

— Ça se peut.

Elle siffla d'une manière brève et impérative, et cette fois le saint-bernard descendit lourdement du side-car et s'approcha du bibliobus. Marie revint avec lui.

Le Chauffeur monta dans le camion et décapsula une bouteille de coca-cola qu'il remit à la fille. Ensuite il versa de l'eau dans un gros bol à soupe et tendit le bol à Marie qui le posa devant le chien. Ce dernier se mit à boire très bruyamment. Le

Chauffeur descendit et, après avoir consulté Marie du regard :

— On vous laisse, on va faire un tour, dit-il à la jeune fille. Vous serez plus à l'aise pour choisir.

— C'est pas nécessaire, dit-elle. Je ne suis pas sûre que vous ayez le livre que je cherche.

— Vous cherchez un livre spécial?

— Oui.

— Quel genre de livre?

— Un livre qui répond aux questions.

Le Chauffeur et Marie se regardèrent avec inquiétude.

— Quelles questions? demanda-t-il d'une voix envahie par le doute.

— Pourquoi on vit, pourquoi on meurt. Des questions comme ça.

Il avait lu pas mal de livres dans sa vie, et le bibliobus en contenait un certain nombre, mais il fut incapable de se rappeler un seul livre qui répondît de façon satisfaisante aux questions de la jeune fille.

— On n'a pas le livre que vous cherchez, dit-il, la mort dans l'âme.

La jeune fille ne répondit rien. Elle vida son coca-cola d'un trait puis marcha vers la moto en compagnie de son chien.

— Je suis désolé, dit le Chauffeur.

Debout sur la pédale de démarrage, elle lança le moteur d'un coup de talon. Elle ramassa ses cheveux sur sa nuque, remit son casque intégral, aussi noir que le reste de ses vêtements, et reprit la route avec le chien dans le side-car.

* * *

Toute la journée, ils furent obsédés par le sentiment d'un échec, l'impression de ne pas avoir fait ce qu'il fallait. Le soir, quand ils s'installèrent pour la nuit sur le terrain de stationnement d'un village dont ils n'avaient même pas noté le nom, Marie s'allongea à ses côtés sur le lit pliant. Elle se blottit contre lui et, peu de temps après, ils s'endormirent, presque agrippés l'un à l'autre.

23

LES FOUS DE BASSAN

Il fut le premier à ouvrir les yeux. Surpris de voir le visage de Marie si près du sien, il eut le réflexe de reculer sa tête et ce mouvement la réveilla.

— Bonjour! dit-elle. Est-ce que je vous ai empêché de dormir?

— Mais non, dit-il. Bonjour!

Il s'approcha, la bouche fermée, et frotta son nez contre le sien.

— Et vous, demanda-t-il, comment avez-vous dormi?

— Pas très bien. J'ai fait plusieurs rêves et je les ai tous oubliés, sauf un : j'ai rêvé que j'avais un bébé. C'est un rêve que j'ai fait souvent dans le passé, mais le bébé appartenait toujours à ma mère... Cette fois, il était à moi.

Elle avait un petit sourire qui creusait des ridules autour de sa bouche et de ses yeux. Penché sur elle, il remonta la couverture de laine jusque sous son menton, en ayant soin de bien envelopper ses épaules, car c'était un peu frisquet dans le camion.

— J'ai rêvé moi aussi, dit-il en s'appuyant sur un coude. Il y avait un homme vêtu de noir, une sorte d'inspecteur, et il venait voir les livres. Je lui ouvrais les deux portes arrière, mais il ne restait plus rien dans le bibliobus : les étagères étaient vides.

Il s'allongea sur le dos et observa la lumière qui entrait de biais par la lucarne au-dessus de leur tête.

— Il y a du soleil, dit-il. On a toutes les chances d'être à Percé assez tôt pour aller voir les fous de Bassan.

— À l'île Bonaventure ?

— Oui.

— On est samedi ?

— C'est ça. Vous pensez à votre avion ?

— Non. Je pensais à mes amis sur la Côte-Nord. N'est-ce pas demain soir qu'ils seront de retour à Havre-Saint-Pierre ?

Le Chauffeur compta rapidement sur ses doigts.

— C'est exact, dit-il. Vous allez leur téléphoner ?

— Oui, mais comme ils arrivent tard dans la soirée, les bureaux de la compagnie risquent d'être fermés...

— Peut-être, mais j'ai aussi le numéro du «Roi de la patate». Il est là chaque fois que le bateau accoste... Ne vous inquiétez pas.

— Merci. Quelle heure est-il ?

— Huit heures. On a le temps de flâner un peu.

— On a de la chance.

Elle bâilla et s'étira. Il considéra un moment son visage à la fois doux et anguleux, puis il demanda :

— Est-ce que je peux vous prendre dans mes bras?

Elle souriait au lieu de répondre, alors il passa un bras sous sa tête et l'autre autour de sa taille, et il la serra doucement contre lui en lui caressant le dos sous son tee-shirt. Ensuite il se mit à lui embrasser le visage à petits coups, comme lorsqu'on goûte à quelque chose; il s'attarda plus longuement autour des pommettes. Elle se laissait faire, avec un air timide mais aussi un évident bien-être : cela se voyait à la lumière qui filtrait de ses yeux mi-clos.

Soudain ils entendirent, tout près, le miaulement d'un chat. Ils restèrent immobiles, serrés l'un contre l'autre et les genoux emmêlés. Le chat miaula encore, mais ils ne bougèrent pas. La troisième fois, le Chauffeur dit :

— Bon, il veut du lait... Je vais y aller.

— Non, c'est moi, dit-elle.

Ils se levèrent en même temps et s'habillèrent. De toute manière, il fallait replier le lit dans le mur pour avoir accès au coin-cuisine et au frigo. Lorsque tout fut rangé, ils ouvrirent les portes arrière et sortirent sur la pointe des pieds.

Un gros matou gris était accroupi sous le camion. Il avait une oreille déchirée et une balafre en biais sur le museau.

— Tu t'es battu? La vie a été dure pour toi? demanda le Chauffeur. Il voulut s'approcher, la main tendue, mais le chat se mit à gronder, le poil hérissé et les oreilles aplaties. J'ai compris, dit-il, tu as soif mais tu n'aimes pas les familiarités.

Marie alla chercher un bol de lait. Elle le posa par terre, à deux mètres du chat, et ils s'éloignèrent pour le laisser boire en paix. À l'entrée du terrain de stationnement, sur une affiche fixée à un poteau de téléphone, ils apprirent qu'ils se trouvaient dans le village de L'Échouerie.

Le matou but un deuxième bol de lait, s'essuya les moustaches puis s'en alla en roulant les épaules. Alors ils déjeunèrent tranquillement de céréales, de rôties et de café, et ensuite Marie se mit au volant. La côte, maintenant, était escarpée; le bibliobus grimpait des pentes abruptes, franchissait des caps et, entraîné par son poids, dévalait des collines. Heureusement, Marie savait rétrograder dans les courbes, puis accélérer pour redresser le camion, et elle ralentissait à l'entrée des villages, qui survenaient à l'improviste, blottis au fond des baies, souvent à l'embouchure d'une rivière.

Une bruine commença à tomber quand ils parvinrent à la pointe de la Gaspésie, à Cap-des-Rosiers — l'endroit où la côte québécoise était la plus rapprochée de celle de la France. Avec le mauvais temps, ils roulèrent sans s'arrêter et arrivèrent à Percé avant midi. Cette fois, pour mieux se reposer, ils s'installèrent dans un camping. Le beau temps était déjà revenu. Abandonnant le bibliobus à l'endroit qu'on leur avait assigné sur le flanc d'une colline, ils descendirent en ville à pied, achetèrent des sandwiches et de l'eau minérale, et, sur le quai voisin du Centre d'accueil, ils montèrent dans la première barque qui partait pour l'île Bonaventure.

À mi-chemin de l'île, ils aperçurent au loin une baleine; elle était si petite qu'on l'aurait prise pour un dauphin ou quelque chose du genre si un passager, plus savant qu'eux, ne l'avait signalée à l'attention générale comme étant un rorqual. Quand la barque aborda dans l'île, ils laissèrent passer les autres touristes puis s'engagèrent dans le plus court des trois ou quatre sentiers qui leur étaient proposés. L'ombre et le soleil se mélangeaient agréablement, et Marie prenait plaisir à nommer toutes les fleurs qu'elle connaissait. Le sentier n'était pas difficile mais, comme il montait sans cesse, au bout d'une vingtaine de minutes ils s'assirent sur un banc pour souffler un peu et manger leurs sandwiches.

Plus loin, la pente diminua et ils débouchèrent enfin sur la colonie des fous de Bassan. Entre le bord de la falaise et une clôture en bois s'agglutinaient, en une masse mouvante et piaillante, plusieurs milliers d'oiseaux à la tête blanche casquée de jaune; ils pointaient le bec en direction de leurs congénères qui tournaient au-dessus d'eux, venant de la mer bleu foncé où ils avaient plongé pour attraper un poisson.

Le bruit et l'odeur étaient étourdissants. Le Chauffeur et Marie décidèrent de ne pas rester plus longtemps et, passablement secoués, ils reprirent le sentier en se tenant par la main.

— Êtes-vous déçue? demanda-t-il.

— Pas du tout, dit-elle. Je suis impressionnée et j'ai vu toutes sortes de choses intéressantes.

— Quoi, par exemple?

— Un cormoran à aigrettes... une marmette et un guillemot... Et j'ai entendu le râlement d'un macareux, mais je ne l'ai pas vu.

— Moi je n'ai vu qu'un tas d'oiseaux qui criaient, dit-il honteusement.

Elle lui serra la main très fort.

— Il faut être patient, dit-elle.

Quand ils arrivèrent au bas du sentier, aucun bateau n'était à l'embarcadère. Pour passer le temps, elle lui fit voir le manège des goélands qui allaient et venaient au-dessus de la grève : ils saisissaient des oursins dans leur bec et les laissaient tomber sur les rochers pour briser leur carapace.

Après quinze minutes d'attente, une barque vint les prendre et ils regagnèrent le camping, à Percé. Exceptionnellement, ce soir-là, ils mangèrent au restaurant et firent une longue promenade en s'arrêtant dans les boutiques; Marie s'acheta un chandail bleu à capuchon. Ils éprouvaient un plaisir sans limite à faire de petites choses ensemble.

Dans le camion, l'air était frais et humide, alors ils firent brûler de l'alcool et préparèrent du chocolat chaud. Une fois de plus, ils burent le chocolat assis par terre, l'un en face de l'autre, et adossés aux étagères de livres. Au cours de la soirée, ils se racontèrent des souvenirs. Le Chauffeur expliqua comment son père, au tout début, avait conçu dans sa tête, sans rien mettre sur le papier, le plan qui avait permis de transformer le camion de laitier en un bibliobus original... Comment, la première fois qu'il s'était garé sur un quai, il avait eu très peur que personne ne vienne... Comment il avait eu l'idée de créer des réseaux de lecteurs... Comment, avec le temps, il avait renoncé aux fiches de prêt et à toutes les autres formalités...

Pour le plaisir de se trouver des points communs, ils parlèrent des livres qu'ils avaient aimés le plus dans leur vie, puis ils commencèrent à s'endormir. Ils installèrent les deux lits, mais ce fut dans celui du Chauffeur que Marie s'allongea. Même si ce n'était pas vraiment un lit à deux places, ils n'étaient pas trop à l'étroit. Un fois sous les couvertures, ils s'aidèrent mutuellement à se dévêtir.

— Avez-vous froid? demanda-t-il.

— Un peu, dit-elle de sa voix cassée.

— Je vais vous réchauffer.

Il s'étendit sur elle, tâchant de couvrir son corps en entier, même ses jambes; ils étaient de taille égale. Elle tourna un peu la tête et il appuya sa joue contre la sienne.

Soudain, il se mit à rire tout bas.

— Je pense à une histoire, dit-il.

— Quel genre d'histoire?

— Une scène qu'on voit souvent au cinéma, et chaque fois ça me fait rire de voir comment les choses se passent... Un homme et une femme sont amoureux, ils se précipitent l'un sur l'autre, ils s'étreignent et s'arrachent leurs vêtements, ils tombent sur un lit, ils mordent et ils griffent, ils sont très essoufflés, c'est comme une bataille...

— Je ne veux pas me battre avec vous, dit-elle.

— Moi non plus, dit-il en se laissant glisser à côté d'elle.

— Mais je suis très bien dans vos bras.

— C'est vrai?

— Bien sûr.

— J'ai peur de vous déplaire, et puis je voudrais qu'il y ait une sorte...

— Vous me plaisez beaucoup.

Elle souriait. À la lueur vacillante de l'alcool à brûler, il pouvait voir les ridules autour de ses yeux. Il reprit:

— Je voudrais qu'il y ait une sorte d'égalité dans...

Brusquement la flamme s'éteignit.

— J'y vais, dit-il. Écartant une moitié des couvertures, il se leva et, en tâtonnant dans le noir, il réussit à trouver la bouteille d'alcool et les allumettes. Quand il sentit que la boîte en fer-blanc était assez refroidie, il la remplit à nouveau d'alcool et craqua une allumette; l'alcool s'embrasa avec un bruit sourd. Sa nudité éclairée par la flamme nouvelle, il revint au lit où Marie, enfouie sous les couvertures, déclara:

— Vous êtes très beau.

— Mais non, dit-il. Je suis vieux et ma peau commence à plisser un peu partout.

— Vous êtes comme moi.

— On est pareils... C'est étrange qu'on ait fait un si long chemin avant de se rencontrer.

Il frissonna. Elle souleva les couvertures et il s'allongea près d'elle.

— Il nous reste encore un petit bout de chemin, dit-elle.

— Oui, dit-il. Voulez-vous qu'on essaye de le faire?

— J'en ai très envie.

— Merci de l'avoir dit.

— Vous frissonnez...

— C'est rien. Je suis un peu frileux.

À son tour, elle s'étendit de tout son long sur lui. Pendant qu'elle le réchauffait, il lui caressa lentement le dos et les hanches puis il s'arrêta, les mains jointes derrière son dos, et ils restèrent un moment sans bouger.

— Je ne vous écrase pas trop? demanda-t-elle.

— Mais non. Vous n'êtes pas lourde.

— Cinquante-deux kilos.

— Ah!... j'ai deux kilos de plus que vous.

— Je me trouve trop maigre. Je pense que je n'ai pas séduit une seule personne de toute ma vie. Il me faudrait un peu plus de rondeurs.

— Les femmes ne sont pas faites pour séduire, dit-il.

— Elles sont faites pour quoi?

— Pour la même chose que nous: essayer de rendre le monde un peu plus vivable... Non, restez comme vous êtes. Je vous trouve parfaite. Vous me convenez parfaitement. En plus, il y a un petit coin de vous que j'aime en particulier, c'est juste ici...

Il la fit basculer doucement sur le côté et posa ses lèvres dans le creux qu'elle avait entre le cou et la naissance de l'épaule. Elle fit entendre une sorte de ronronnement. Avec des gestes très lents, il l'embrassa et lui caressa le cou et la poitrine. Elle lui rendit chacune de ses caresses et, par petites étapes, en prenant bien soin l'un de l'autre, ils glissèrent sur la pente du plaisir avec la plus douce des voluptés et sous la protection de tous les romans d'amour qui les entouraient.

24

LES FOSSILES DE MIGUASHA

Le lendemain était un dimanche. C'était le jour où Marie pouvait joindre ses amis qui rentraient à Havre-Saint-Pierre sur le *Nordik Express*.

Ils traînèrent au lit, moitié pour faire durer le plaisir de partager la même chaleur, moitié parce qu'ils étaient fatigués. Mais, à la fin de la matinée, ils furent une nouvelle fois saisis par la crainte d'arriver en retard à Québec. Ils se levèrent rapidement, mangèrent une bouchée, puis le Chauffeur se mit au volant sans s'être rasé. Après quelques kilomètres, toutefois, Marie prit la carte et évalua la distance qui les séparait de leur destination. En vérité, ils n'étaient pas en retard, ils avaient même une certaine avance et pouvaient s'offrir le luxe d'un arrêt à L'Anse-à-Beaufils, où elle voulait chercher des agates.

En arrivant au village, ils laissèrent le bibliobus au bord de la mer. Un flâneur leur apprit que tant qu'elles n'avait pas été polies et repolies par des experts, les agates ressemblaient à tous les galets colorés qui jonchaient la grève. Une demi-heure plus tard, ils avaient trouvé un grand nombre de pierres aux couleurs vives, mais ils étaient incapables de dire s'il s'agissait de véritables agates. Un peu perplexes, ils mirent les pierres dans le coffre à gants avec les cartes routières, les prospectus, la lampe de poche, le cahier des réseaux de lecteurs, la boîte entamée de biscuits LU, et ils reprirent la route.

Vers six heures du soir, ils s'arrêtèrent à Miguasha, dans la baie des Chaleurs. Ils étaient très las et le Chauffeur avait mal au dos. Miguasha était un endroit réputé pour ses fossiles de poissons vieux de trois cent cinquante millions d'années. Le bâtiment abritant la salle d'exposition était fermé, mais par chance il y avait un téléphone public à l'extérieur.

Comme le temps était redevenu aussi chaud qu'en plein été, ils traversèrent un pré et garèrent le bibliobus sous les arbres, au bord de la falaise. Emportant du vin et des sandwiches au poulet qu'ils avaient achetés en passant à Carleton, ils empruntèrent un long escalier de bois qui les mena sur la grève. Ils rencontrèrent des touristes en train d'examiner des fragments de roches, et d'autres qui s'accrochaient à la falaise pour essayer de trouver des fossiles: c'était peut-être à cet endroit qu'avait été découvert le célèbre *Eusthenopteron foordi*, un fossile de poisson considéré comme l'ancêtre des animaux amphibies.

Malgré la fatigue, ils marchèrent jusqu'à la première anse pour être à l'écart des touristes, et ils s'assirent sur le sable. Les sandwiches au poulet n'avaient pas de goût, mais le vin était très bon : un Côtes-du-Rhône, choisi pour faire plaisir à Marie. Ils burent toute la bouteille... Plus tard, le

Chauffeur sentit une main posée sur son épaule. Il s'éveilla en sursaut.

— Qu'est-ce qu'il y a? demanda-t-il, inquiet de constater qu'il faisait nuit.

— C'est rien, dit Marie. Il est presque l'heure de téléphoner.

— Ah oui?

— Il est dix heures et quart.

— Alors il faut se dépêcher.

À la lueur de la lune, qui était presque pleine, ils ramassèrent les papiers, le reste des sandwiches et la bouteille vide, et revinrent à l'escalier de bois qu'ils montèrent en courant. Après s'être arrêtés au camion pour prendre une lampe de poche et les pièces de monnaie accumulées en vue du coup de fil, ils se rendirent au téléphone public.

Le Chauffeur attendit qu'il fût exactement dix heures trente, comme si les horaires des bateaux étaient respectés à la minute près, et il composa le numéro de la compagnie. Dans les bureaux, une voix d'homme lui apprit que le *Nordik Express* était à quai depuis un moment. Il demanda à parler à Slim, précisant qu'il s'agissait d'un équilibriste connu de tous. L'homme le pria de patienter un instant. Au bout d'une minute ou deux, Slim vint répondre. Le Chauffeur lui passa Marie et s'éloigna de quelques pas.

Au tremblement de la voix de Marie, il comprit qu'il s'était passé quelque chose d'anormal. Elle posait toutes sortes de questions, elle voulait savoir où et quand et pourquoi. Il fallut du temps avant qu'elle se calme. Finalement, après avoir fait toutes sortes de recommandations, elle raccrocha.

Un accident s'était produit à Natashquan. La fanfare avait donné un spectacle devant les gens venus assister à l'arrivée du bateau, et Slim avait tendu son fil sur le quai. Estimant que les spectateurs réagissaient sans enthousiasme à son numéro, il avait mis son fil un peu plus haut que de coutume. Et il était tombé, se cassant le poignet.

Ils traversèrent en silence le pré éclairé par la lune et revinrent au camion. Le Chauffeur alluma la veilleuse.

— Voulez-vous boire un chocolat chaud avant de dormir? lui demanda-t-il, à mi-voix pour ne pas troubler ses pensées.

— Non, merci, dit-elle.

— Ça vous fera du bien... De toute manière, j'en fais un pour moi.

— D'accord.

Il fit bouillir l'eau et prépara les deux tasses de chocolat. Au-dessus de l'évier, la bonne vieille photo de la librairie Shakespeare and Company n'avait pas son éclat habituel.

Marie buvait sans dire un mot. Elle avait le regard vide, le visage un peu crispé, et il était évident qu'elle se tourmentait. Par respect, le Chauffeur s'abstint de poser des questions. Quand elle eut fini sa tasse, il la lui prit des mains et, se penchant, il l'embrassa sur le front.

Après avoir vainement attendu qu'elle dise quelque chose, il installa le lit, éteignit la veilleuse et se déshabilla. Comme la nuit était claire, il entrouvrit la lucarne du toit. Marie restait immobile, l'esprit ailleurs, alors il l'aida à se dévêtir. Lui prenant la main, il l'emmena au lit et la fit s'allonger à ses côtés, sous les couvertures.

Elle s'approcha de lui et murmura quelques mots qu'il n'entendit qu'à moitié.

— Pardon? fit-il.

— C'est ma faute, dit-elle. Je n'aurais pas dû les laisser tout seuls. Slim est comme un enfant, il a besoin d'être la vedette. Il veut impressionner les gens et parfois il va un peu trop loin. Quelqu'un doit le surveiller.

— Mélodie est là, dit-il doucement.

— C'est vrai. Elle est très bien, Mélodie. Elle sait tout faire et, en plus, elle est drôle et émouvante. Je l'aime beaucoup.

— Peut-être que c'est un accident... le genre de choses qui arrivent par hasard et que personne ne peut empêcher.

— Vous avez raison. Ça ne tourne pas rond dans ma tête : comme toujours je suis mère poule et je me sens coupable.

En soupirant, Marie posa sa tête sur l'épaule du Chauffeur. Elle resta longtemps sans bouger. Sa respiration devint plus régulière et il crut qu'elle allait s'endormir. Brusquement, elle demanda :

— Et vous, dans votre tête, comment ça se passe?

— Il se passe deux choses, dit-il. La première c'est que, ce soir, je me sens vieux et fatigué ; je me sens vraiment comme un vieux fossile.

— Moi aussi, dit-elle. Et la deuxième?

— La deuxième, dit-il en hésitant, c'est à propos de ce que je disais l'autre jour... l'âge d'or et tout ça... Eh bien, maintenant, je ne distingue plus ce qui est vrai et ce qui est faux. Je suis un peu perdu. Et je n'ai pas très envie d'en parler, je crois que j'ai seulement envie de dormir.

— Alors essayons de dormir. Peut-être que demain les choses seront plus claires.

Il était d'accord, mais avant de céder au sommeil, il demanda:

— Demain soir, on sera probablement à Québec... Il restera deux jours avant le départ de votre avion, c'est bien ça?

— Oui, dit-elle. Mais je ne suis pas très sûre d'avoir envie de partir.

— Ah non?

— Non. Moi aussi, je suis un peu perdue.

Un rayon de lumière tombait par la lucarne et il put voir qu'elle souriait tristement.

— On est fatigués tous les deux, dit-il. Il faut qu'on dorme.

— Oui, dit-elle. Voulez-vous que j'installe mon petit lit à côté, pour que vous soyez plus à l'aise?

— Non. Restez avec moi, je vous en prie.

— Entendu.

— Avant de dormir, voulez-vous venir un instant dans mes bras? demanda-t-il. Puis il secoua la tête et ajouta: Je dis toujours «dans *mes* bras»... En réalité, c'est autant moi qui suis dans vos bras que vous dans les miens!

— L'important, c'est qu'on soit bien, dit-elle.

Elle souleva sa tête et il glissa son bras gauche sous son cou, puis l'autre bras autour de sa taille : ils avaient déjà leurs habitudes. Enlacés de cette façon, ils s'embrassèrent pendant un moment et se caressèrent à tour de rôle, mais bientôt la fatigue l'emporta et ils tombèrent dans un profond sommeil.

Au milieu de la nuit, il s'éveilla tout à coup et vit qu'elle lui tournait le dos. Il se rendormit et quand il se réveilla de nouveau au petit matin, elle était tournée vers lui et dormait paisiblement.

25

LE PONT DE L'ÎLE D'ORLÉANS

Après avoir traversé la vallée de la Matapédia dont les paysages plus secrets étaient accordés avec leurs sentiments, ils retrouvèrent la majesté du fleuve à Mont-Joli. Ils roulèrent encore quelque temps, puis s'arrêtèrent au parc du Bic pour manger et se reposer.

Au bout de quatre heures de route, ils arrivèrent à Québec. Le Chauffeur rangea le bibliobus dans l'allée de terre qui longeait l'arrière des immeubles, rue Terrasse-Dufferin. Ils prirent le gros des bagages et montèrent au cinquième. L'appartement, qui n'était qu'un modeste trois-pièces, leur parut vaste et luxueux.

Ils parlaient très peu, absorbés par des inquiétudes qui les séparaient et les rapprochaient en même temps. Pendant que Marie prenait une douche, il fit un peu de ménage, tout en écoutant les messages sur le répondeur... Sa sœur Julie allait commencer une nouvelle année d'enseignement, la petite famille se portait bien et le pont de l'île était toujours aussi beau... Jack était plongé jusqu'au cou dans son nouveau roman et il prévenait ses amis qu'il allait se conduire comme un sauvage; sa femme allait bien... Au ministère, on avait déjà reçu quelques-uns des livres qui avaient été empruntés pendant la tournée d'été.

Dans le frigo, il ne trouva qu'une moitié de citron, un pot de yaourt et, dans une soucoupe, une motte de beurre tachetée de confiture de fraises. Il décida de faire un saut à l'épicerie et laissa un mot sur la table.

En tee-shirt blanc, les pieds nus, Marie séchait ses cheveux avec une serviette quand il revint. Elle lui prit des mains son gros sac de provisions et s'offrit à préparer le lunch et à mettre la table pendant qu'il se douchait à son tour.

Après la douche, il enfila son peignoir en ratine, qui avait toujours de vieux kleenex au fond des poches, et ils s'attablèrent l'un en face de l'autre. Elle avait fait du vrai café et il y avait du jambon, du pâté de foie, des tomates et une salade, et des éclairs au chocolat pour dessert. Comme la table n'était pas assez large pour deux, leurs pieds nus se touchaient; ceux de Marie étant un peu froids, il les prit entre les siens et les frotta pour les réchauffer.

Ensuite ils allèrent dehors tandis qu'il faisait encore jour. C'étaient les dernières chaleurs de l'été, les promeneurs étaient nombreux et leurs ombres s'allongeaient démesurément sur les planches de la terrasse.

Ils passèrent devant le Château Frontenac et, s'arrêtant quelques mètres plus loin, juste en face du funiculaire, ils s'appuyèrent au garde-fou. C'était l'endroit exact où ils s'étaient vus pour la première fois. Sur la vaste baie au milieu de laquelle s'avançait la pointe de l'île d'Orléans avec son pont élégant et fragile, il y avait une petite brume au ras de l'eau.

Le Chauffeur s'approcha de Marie jusqu'à lui toucher le coude.

— J'ai quelque chose de spécial à vous dire, murmura-t-il.

— Je sais, dit-elle. Je l'ai deviné quand j'ai vu qu'on s'arrêtait ici.

— En fait, c'est plutôt une question que je veux vous poser.

— Une question? fit-elle.

Sa voix, enrouée comme toujours, était à peine audible. Il sentit que son coude était parcouru de frissons et, quand il la regarda, il vit que ses mains tremblaient sur le garde-fou.

— Rassurez-vous, dit-il aussitôt. J'ai décidé de faire la tournée d'automne et je veux seulement vous demander... si vous accepteriez de la faire avec moi.

Elle ne répondit pas tout de suite. La brume légère qui flottait sur la baie avait brusquement envahi son regard. S'essuyant les yeux du revers de la main, elle demanda:

— Pour le meilleur et pour le pire?

— C'est ça, dit-il avec un petit sourire.

— Ma réponse est oui, dit-elle.

Il s'approcha d'elle un peu plus, se mettant tout contre sa hanche, et il passa un bras autour de son épaule. Étroitement serrés, ils contemplèrent longuement le fleuve sans dire un mot. Puis il déclara:

— C'est le paysage que j'aime le plus au monde.

Elle fit signe qu'elle comprenait, et elle ajouta :

— Je commence à l'aimer beaucoup, moi aussi.

— Chaque fois que je le revois, dit-il, il y a une phrase qui me revient en mémoire...

— Quelle phrase ? demanda-t-elle calmement.

— Une petite phrase de rien. Elle dit : «Je sens les contours de la baie dans mon cœur.» Je ne me souviens pas où j'ai lu ça.

— Ça me plaît bien, dit-elle.

Elle répéta la phrase à voix basse, écoutant la résonance que les mots éveillaient en elle. Pendant qu'ils étaient accoudés au garde-fou, le soleil se coucha derrière eux et ils furent enveloppés par la grande ombre du cap Diamant. Toute la lumière se réfugia sur le fleuve et, avant de disparaître, elle s'attarda à caresser la fine structure du pont.

Table

CET OUVRAGE
A ÉTÉ COMPOSÉ PAR
MÉGATEXTE

ACHEVÉ D'IMPRIMER
EN MAI 1994
SUR LES PRESSES DE L'IMPRIMERIE MARQUIS
MONTMAGNY (QUÉBEC)

POUR LE COMPTE
DE LEMÉAC ÉDITEUR

DÉPÔT LÉGAL
1re ÉDITION : OCTOBRE 1993
(ED 01/IMP 03)

MARQUIS
Montmagny, Qc
juin 1994